No se aceptan manuscritos

OTROS ÁMBITOS| **B**erenice

BEATRIZ SCHLEICH

No se aceptan manuscritos

Berenice

Berenice
www.editorialberenice.com
@berenicelibros

Primera edición en Berenice: abril, 2025

Berenice • Colección Otros Ámbitos
Director de Berenice: Javier Ortega

info@almuzaralibros.com
Parque Logístico de Córdoba. Ctra. Palma del Río, km 4
C/8, Nave L2, nº 3. 14005, Córdoba

Impresión y encuadernación:
Gráficas La Paz

ISBN: 978-84-10356-30-6
Depósito legal: CO-576-2025

Impreso en España/*Printed in Spain*

A mi hermana Pilar y a mi padre,
por haber estado.

ÍNDICE

VUELA, MILANA BONITA, VUELA

Olympia concentra el núcleo larvario de aspirantes a escritor.

Los postulantes a literatos, tras un curso de escritura, lo saben. Narrar es lo suyo y no hay tiempo que perder. Así pues, eclosionan con premura, porque ya no son ni parados ni tarados. Ni paletos ni catetos. Ni cantantes ni mangantes. Ni percusionistas ni trompetistas. Ni porretas ni pedorretas. Ni quiromantes ni delirantes. Ni floristas ni malabaristas. Ni chulos ni cachirulos. Ni sastres ni desastres. Ni enfermeros ni usureros. Ni basureros ni camareros. Ni historiadores ni pescadores, sino que todos son escritores.

Por eso cambian sus perfiles de Instagram, TikTok, Twitter, Facebook y LinkedIn.

Los pájaros bobos, ya consolidados en la profesión de escritor en TikTok y otras redes, olisquean los eventos literarios. Y allí acuden, donde huele a sepia, por la tinta, pluma en mano. Hay que estar en el meollo, embeberse de talento, por ósmosis. Y lo consiguen. Acaban siendo auténticas ampollas de creatividad, a punto de reventar por tantas friegas.

Y un día petan y redactan la primera novela, sin cortapisas.

Tras el reventón creativo de pus, los pingüinos, aprovechando la coyuntura resbaladiza, patinan por la panza hasta las editoriales de prestigio. Sí, esas que aceptan manuscritos, con la condición de que la colonia asuma la edición con el pico bien abierto, mientras el pingüino cenutrio, sentado en un taburete, va lanzando ejemplares de su *malobra* a todos los familiares y amigos que bostezan y que aprovechan el boquiabierto para tragársela sin rechistar. Y todo se gesta en un bar improvisado, el lugar donde se realiza la presentación de la mejor no-verla, ni leerla. Ahí, la letrina del garito ya no huele a sepia, sino a bacalao, con suerte por la mala gestión de humos de la fritanga de la cocina.

Nadie pondría en duda que, de esta *literofagia* tan exquisita y dedicada, sólo pueden salir obras maestras y por detrás.

Hay otro grupo de lerdos en literatura, aunque con más letras, que, siguiendo el recorrido de los anteriores por Olympia, lo hace en lugares más exclusivos donde huele menos a bacalao y más a langostino. A esta, a la minoría que forman este segundo grupo de pseudoletrados, algo más cultivados en la destreza de juntar palabras, les pierde el cainismo endogámico. Tanto es así que, más que espadas como labios, se lanzan una serie de puñaladas traperas por la espalda, con la intención de despiezar y devorar al que piensan les puede hacer sombra. Como le pasó a Jean-Baptiste Grenouille en *El perfume*, que terminó canibalizado por oler demasiado bien frente a la peste. Por supuesto, este asesinato impúdico no evita que el resultado de las obras de los perpetradores siga siendo un Quasimodo sin alma, sin forma ni fondo que rescatar.

En cualquier caso, esta red de conexiones literarias, familiares y provincianas de prostitución literaria no es baladí, pues será la primera luz que facilite la aparición de la radícula en el germen del literato provinciano. Porque un día ese agujero negro de talento, consolidado en Instagram y Facebook, explotará de nuevo, de verdad y a lo grande, como sucedió con el Big Bang. Y a partir de ahí será imparable. La obra del zopenco comenzará a estirarse y expandirse, se propagará más allá de la provincia de Olympia, se difundirá por todas las capitales del estado. Conquistará países, continentes y al mismísimo planeta Tierra. ¿Y piensan que parará ahí? Pues no, porque los textos del berzotas se traducirán al saturniano y al venusiano, se moverán por todo el cosmos y se desparramarán por el multiverso que postula Michio Kaku.

Dicen que el físico teórico afirma, en *petit comité*, que en los universos paralelos ha desaparecido una de las siete maravillas del mundo. El lugar del Faro y la Biblioteca de Alejandría lo ocupa un busto mastodóntico de la Milana bonita, descansando en el hombro de Azarías, el cual mantiene una biblia apócrifa en sus manos salpicadas de orines mientras mira con suficiencia a toda la creación literaria.

Vuela, Milana bonita, vuela.

KAKIA INVITA A JULIA A UN CURSO

Kakia toma un pedazo de tarta y un sorbo de café y me pregunta si me apetece ir a un curso de escritura creativa del escritor Asmodeo Felaz.

Aunque soy enfermera, mi formación previa fue de letras. Quizá por eso sigo estudiando lingüística y siempre he tenido intereses literarios. Y Kakia lo sabe.

Y yo sé de mi amiga que la domina una única obsesión: triunfar en la escritura. O mejor dicho, dos, porque disfruta zampando a todas horas.

Hasta la fecha sólo ha conseguido autopublicarse un par de relatos con otros pseudoescritores noveles como ella. Y es que Kakia trabaja mucho el cómo alcanzar la fama literaria. Analiza los *best sellers* con fruición y patatas fritas. Y examina auténticos bodrios, saboreando gominolas. Incluso lee textos abominables, mientras mastica *snacks*. En cualquier caso, ella revisa los superventas a conciencia. El objetivo de tal trabajo consiste en extraer los ingredientes, secretos y determinantes por los que una gran masa lectora desea devorar a una minoría redactora. En definitiva, Kakia intenta encontrar las claves de lo que engancha al lector, a fin de imitarlo y poder trasladarlo a su futura novela, aún no redactada, para conseguir hornear la tarta literaria del éxito.

—Y así ser famosa y forrarme.

Así de sencillo. Eso es lo que dice.

En realidad nuestra amistad empezó en estos términos, con un sencillo gancho. Asistimos juntas a un seminario de literatura en la Universidad de Olympia, nos pidieron al final una redacción valorativa. Kakia se leyó la mía y me dijo:

—Tienes gancho.

Eso fue todo. A partir de ahí me pidió el teléfono. Me avisaba esporádicamente sobre eventos literarios y, de vez en cuando, me escribía wasaps para preguntar cómo estaba o para tomar un café, siempre acompañado de algo dulce.

Con el tiempo Kakia y yo consolidamos lazos. La proximidad me hizo ver el autoconvencimiento sin fisuras que mi amiga ostentaba sobre su venidero e inminente triunfo en el mundo literario. Asimismo, Kakia, con el tiempo, me fue mostrando su faceta más esotérica.

Y es que mi amiga cree en los ovnis, las cartas astrales, el Reiki y las videntes. De igual modo, piensa que tirar *whisky* por el retrete espanta a los malos espíritus, algo que me asusta, ya que seguramente tenga yo algo de espirituosa. O de pedorra, directamente. Además, Kakia también afirma ser la reencarnación de una escritora muy famosa, así se lo confirmó la pitonisa de confianza a la que acuden ella y otras amigas.

Por todo ello, Kakia resulta ser un relato redondo.

Y mientras reflexiono sobre todo esto, mi amiga se termina la tarta y el café y le pregunta, con la boca llena, a mi expresión ausente:

—¡Julia! ¿te *fienef* al *curfo* de *efcritura* o no?

Y yo bajo a la tierra, le ofrezco mi pastel y le digo que sí.

MEMORIAS DE KAKIA

Mira, Julia, yo esto no lo puedo decir en voz alta, pero vengo de una familia de superdotados, ¿sabes? O, mejor dicho, de superdotadas, porque me viene por la parte femenina. Mi madre lo era, como yo lo soy ahora. Es un don heredado.

Otro de mis secretos, que casi nadie sabe, es mi verdadera identidad. Soy la reencarnación de una escritora del pasado. Una pitonisa así me lo confirmó. Y entonces se despejaron muchas de mis dudas. La pitonisa no me dijo el nombre, pero yo sé de quién se trata: Karen Blixen, ¿la conoces? Sí, exactamente, la de *Memorias de África.* Y, ¿por qué lo sé? Porque llevo mucho tiempo soñando con África, con los paisajes de la sabana en Kenia. Y los kikuyos y masáis me hablan en sueños desde hace muchos años, aunque yo siga sin entenderles. Y, en los brazos de Morfeo, me alimento sólo de ostras y champán, como hacía Karen.

Por otro lado, me niego rotundamente a repetir los errores de mi otra vida, como esa dieta que llevaba al borde de la desnutrición. Hay que comer sano y de todo, como yo hago. ¿Sabes? Es el karma. Ya he aprendido la lección y por eso tampoco, jamás de los jamases, volvería a firmar mis novelas con un nombre masculino, tal como hice en el pasado con el seudónimo de Isak Dinesen. Ahora pondré mi nombre, Kakia Barberá. ¿Te das cuenta? ¿Necesitas que te lo explique? ¿O ya te has percatado de la coincidencia? ¡Karen Blixen, Kakia Barberá! Algunos llamarían a eso casualidad.

Ya...

No sé cómo no lo vi antes, pero las cosas llegan cuando llegan, cuando una está preparada para asumir tal responsabilidad, tal don.

Así que esta vez voy a triunfar. Y con mi nombre. El universo me ha traído hasta aquí de nuevo para eso. Aparte de para encontrar el amor. Porque, entre tú y yo, te digo, que ninguno de mis amantes en la otra vida me satisfizo. Porque Denys G. Finch Hatton, ¿le recuerdas? ¿Te acuerdas del personaje que dramatizó Robert Redford en la película? Bueno, pues Denys pecaba de flojeras, tal cual, no se trataba de un rumor. Yo así lo siento cuando sueño con él. Tener, seguro que tuvimos algo sexual, pero lo dicho, un flojeras. Este patrón se ha repetido también en mi vida con mis amantes, pero eso también va a cambiar. Voy a elegir mejor. Para eso he vuelto y por eso lo digo en voz alta. Voy a triunfar en la literatura, a ser de las grandes y a encontrar el amor.

¡Soy Kakia Barberá!

Y una Barberá es mucha Barberá.

INSCRIPCIÓN AL CURSO

Bienvenidas, queridas alumnas y alumnos, al curso de escritura.

Os escribo un mail previo, antes de que nos veamos en un par de días.

Os dejo unos textos adjuntos de mi propia obra, en los cuales he introducido algunas erratas para que comentéis lo que consideráis al respecto.

¿Seréis capaces de identificarlas?

¿He introducido de verdad erratas?

¿O quizá no?

Nos veremos en el convento, rodeados por un bosque de pinos y olmos, inmersos en el apasionante viaje de las letras.

Un abrazo para todas y todos,

Asmodeo Felaz

Primer Premio de Narrativa de Samos

Escritor y licenciado en Ciencias Filológicas

SOLO O SÓLO EL PRIMER DÍA DEL CURSO

Llegamos con retraso a Tártaro, el taller de escritura comienza en menos de una hora.

Kakia y yo salimos del coche y hace un solazo de fotofobia. Para más inri todavía debemos caminar un trecho, pues el curso se imparte en el antiguo convento al final del camino pedregoso —apenas medio kilómetro de distancia lindado por cipreses, carentes de sombra alargada— que se muestra frente a nuestros ojos.

Llevo una camiseta desmangada con estampado de calaveras, pantalones cortos y el pelo recogido en una coleta alta. Aun así, me achicharro. La mochila a cuestas no ayuda. Recorridos escasos metros, ya me resbalan las gotas de sudor por la nuca, por debajo del pecho y las axilas. Miro a Kakia y sufro por ella. Mi amiga, oronda y con una mochila igual de pesada que la mía, repite por tercera vez que se muere por un helado.

Nos acompaña la banda sonora del zumbido estridente de las cigarras, que no paran de estridular, incluso con más decibelios que la voz de Kakia, la cual va enumerando los sabores de helado que preferiría tomar si ahora mismo pudiera.

Y yo pienso en los bichos chirriando desaforados por un intercambio sexual y tengo claro que, con esta canícula, también prefiero ahora los helados de Kakia.

Llegamos al convento y, al traspasar el portón de la entrada, la temperatura desciende bruscamente varios grados, ¡aleluya! Nos recibe un tipo con barba lanuda y negra hasta la cintura —que me asfixia con sólo mirarlo de reojo— y cierta cojera, el cual se presenta como el amo de llaves. Se ofrece a dejar nuestras mochilas en las celdas y a acompañarnos hasta el refectorio, donde han preparado un ágape y donde comienza hoy el curso de escritura.

¡Alabados sean el señor felpudo y el aire acondicionado del convento!

Somos las últimas en aparecer hoy en el refectorio y también en el convento, porque el resto de alumnos y el escritor llegaron anoche. El barbas lanudo nos presenta a nuestros compañeros del taller de escritura, que nos saludan mientras toman refrescos y canapés variados. Kakia toma dos limonadas y nosecuantos canapés. Yo me conformo con beberme una botella entera de agua bendita, casi de un trago, como un pelícano, ya que no he podido meter la cabeza dentro de la pila para santiguarse al cruzar la iglesia.

Somos pocos participantes en el taller de escritura creativa. Varias cuarentonas, entre ellas Kakia y yo. Un par de abuelas. Un hombre con calvicie incipiente y otro calvo integral junto con otras dos mujeres rondando la treintena.

No transcurre mucho tiempo y aparece el escritor, el cual hace un saludo general con la mano y nos pide que nos sentemos porque ya es la hora de empezar.

Kakia se sienta a mi lado y saca el abanico. A la pobre, la silla le va justa.

El profesor nos da la bienvenida a las recién llegadas.

—Soy Asmodeo Felaz, escritor y licenciado en Ciencias Filológicas.

El escritor es muy blanco, casi albino. También albina es la caspa que lleva sobre los hombros. Un poco contrahecho por una pequeña joroba. Habla con las manos metidas en los bolsillos. Todo el conjunto le da cierta apariencia de mono blanco.

Tras unos minutos de charla informal de Asmodeo con los alumnos, el escritor comienza con el meollo del taller de escritura:

—¿Qué esperáis del curso?

El calvo incipiente se anima a hablar y dice haber empezado una novela, que quiere pautas para orientarse. Una de las abuelas le coge el testigo y comenta que tiene una antología de haikus casi terminada.

—Aunque con algunas faltas de ortografía, he venido para que me las corrijan.

Kakia, por su parte, sonríe mofletuda, con suficiencia, y mantiene la mirada extraviada.

Y yo, que sólo he colaborado en una antología de relatos en toda mi vida, me siento en desventaja con tanto alumno avanzado y tampoco digo nada.

Asmodeo, para darse a conocer, nos reproduce en el ordenador portátil una entrevista que le hizo la televisión local, cuando ganó el premio de Samos.

—Disponible en YouTube.

Por si la queremos volver a ver después. Es lo que comenta mientras se entretiene quitándose la caspilla de los hombros con pellizquitos. A veces también se la sacude directamente con las yemas de los dedos y entonces parece un polluelo manco intentando volar.

Termina el video y Asmodeo nos reparte unos impresos y comienza a explicar unas directrices detalladas sobre errores comunes a evitar.

Y entonces llegamos al *solo* y *sólo.*

Porque sólo una palabra puede cambiarlo todo.

Asmodeo afirma que el acento diacrítico es necesario, pero yo acabo de hacer un máster de lingüística y sé que, según la última *Gramática de la lengua española, solo* no se acentúa nunca. Y también sé que un académico se opuso a la supresión del *sólo,* ejemplarizándolo con una frase sexual muy subida de tono, la cual no recuerdo bien.

Lo que pasa es que, si tengo que hablar frente a un auditorio, me pongo muy nerviosa, digo las cosas a medias y me tiembla el párpado izquierdo. Así que me olvido de mencionar el máster que acabo de terminar, tampoco nombro al académico ni lo relaciono con la frase sexual muy subida de tono, y le suelto a Asmodeo —sin preámbulos y con palpitaciones— que está equivocado porque la *Nueva gramática* ha eliminado el acento diacrítico, pero que estoy de acuerdo con él en que la tilde, sin contexto de apoyo, se precisa para entender frases como esta:

—Solo me masturbo después de follar.

Y luego ya es tarde para sonrojarse, porque ahí se ha quedado la frase —la de la tía sudada, recién llegada, con la camiseta de calaveras y un tic en el ojo izquierdo—, la maldita frase que permanece flotando en el aire, ondeando por debajo de la bóveda de cruceta del sagrado refectorio, planeando por encima de las cabezas blancas de las dos abuelas, brillando en la calva incipiente y en la integral de los dos hombres y levitando sobre el resto de asistentes. Y lo cierto es que el profesor Asmodeo parece aturdirse por un momento, el cual, tras recuperar la compostura, me mira con los ojos achinados y dice:

—Con esa frase tan ilustrativa sobran explicaciones.

Aunque yo le veo que se ríe por debajo de la mano que mantiene con forma de concha pegada a la nariz, de eso estoy segura.

EL ORÁCULO MANUAL Y EL ARTE DE PRUDENCIA

Mira, Julia… yo no *féfi fabef* dónde te *metef.* O *fi* te *quieref* dedicar a *efto…,* pero debes saber que te enfrentas a una lucha de egos. No es mi caso, yo me he trabajado el ego durante mucho tiempo. Y por eso soy buena persona. Y también soy generosa y se lo doy todo a mis amigos, sin que me lo pidan. Y, como ya sabes, yo fui en otra vida una escritora famosa, así que me lo puedo permitir. Yo ya tengo mi propio proyecto y no necesito nada más de nadie, sólo seguir mi destino.

¡Qué requetesuperbueno está el bizcocho!

Forfierto, no te *olfides* de *refeñar* mi relato en la *antolofía* que *hifimos* entre *amigof. Fe* vende en Amazon. No te *olfides.*

Lo dicho, yo no sé cómo quieres trabajar ese gancho que tienes. Te lo dije porque lo vi y lo veo. No obstante, tú deberás esforzarte mucho. A mí me ha venido todo dado. No puedes compararte conmigo.

En cualquier caso, si alguna vez publicaras, recuerda que yo fui la primera en descubrir algo en ti desde un inicio. Si llegaras a ganar algún premio en el futuro, espero y confío en ocupar el primer puesto en los agradecimientos.

Otro consejo de tu amiga Kakia para grabarte en tu cabecita. En este mundo de la escritura, por mal que te caiga alguien, por muchas jugarretas que te hagan, nunca jamás debes hablar mal de nadie. Y debes procurar no discutir o enfadarte. Evitar al máximo cualquier tipo de conflicto. Recuerda siempre que nunca se sabe quién podría ayudarte más adelante. O cómo te podrían repercutir después tus propias palabras.

Debes guardar la compostura, el temple y la sonrisa frente a los demás, por mal que te caigan, por falsos que sean, porque hay muchos temas paraliterarios donde necesitas al resto. Por citar un ejemplo, las reseñas que te pueden hacer los amigos. Y si estos amigos son escritores, mejor.

Otra situación donde necesitas a los contactos son las presentaciones... si es que llegas a publicar algo, claro. Piensa, por ejemplo, en Asmodeo. Aunque sólo haya ganado un premio, el Samos, quizá me podría presentar mi futura novela. No me conviene enfadarme con él. Tan tonta no soy. De hecho, soy superdotada, tú ya lo sabes.

Te confieso que tengo un proyecto con Asmodeo. Nos escribimos cartas eróticas, pero no hablamos nunca de ello cuando nos vemos, es todo epistolar. Yo quiero convertirlo en una novela, es nuestro proyecto conjunto de narración erótica, aunque él todavía no lo sabe. ¡Imagínate! Romance y erotismo a cuatro manos, por Kakia Barberá y Asmodeo Felaz.

Afí que lo dicho, hay que *llefarse fien* con *todof*, no lo *olvidef*, aunque a *vecef* te hagan *alfuna* faena.

Para que sepas, a mí me la han jugado en varias ocasiones, porque soy buena y se aprovechan. Decirte que me han plagiado y han triunfado con historias mías. Sin ir más lejos, le envié un relato a un amigo para que me diera su opinión y me dijo que no le había gustado, que el relato hacía aguas. Y va y luego, meses más tarde, publica una historia muy parecida a la mía y le dan un premio. Y tú, ¿crees que dije algo? Pues no, al menos no le hice ningún reproche, sino todo lo contrario. Le dije que genial, que me alegraba mucho por él.

No, claro que no. Cuando uno está abrumado por el triunfo, ni se acuerda de que esa idea no era suya. Se deja felicitar y ya está. La autocomplacencia es muy ciega, como las partes bajas. Las cosas no pasan por lo que son, sino por lo que parecen.

¡Si me da igual! ¡Se lo regalo! Si lo mío es cuestión de tiempo: antes o después, pasará.

Yo voy a ser de las grandes. Juego en otra liga.

Así que no te olvides. Hay que trabajar el gran arte de ganarte a todos tus contemporáneos, sin pasarte tampoco, para que no se note. Es importante. Sobre todo para ti, que yo he venido con cierta ventaja a este mundo, pero…, *fero fi* te gusta *efcribir,* a ti te va a tocar *trafajártelo baftante máf.*

¿Te *vaf* a comer tu *bifcocho?*

EL FINAL SE LO HE DADO YO

Hoy Asmodeo nos pide el número de móvil en la clase y nos introduce en un grupo de wasap, donde ya hay alumnos de los cursos anteriores de escritura.

—Os iré avisando cuando haga presentaciones de mis libros.

Asmodeo lleva de nuevo una camiseta negra.

¿Por qué se pondrá la camiseta negra, si sabe lo de la caspa? Quizá tiene el tic de pellizcarse la hombrera y, ya de paso, aprovecha.

Las chicharras siguen cantando con furia en el exterior, se escuchan hasta dentro del refectorio. Sin duda, este año habrá un *baby boom* de bichos.

Asmodeo hoy nos saca de la zona de confort del convento con aire acondicionado y nos lleva hasta un museo de la historia de la medicina, un lugar bastante destartalado, pero con encanto. La idea es inspirarnos. El recinto está lleno de, entre otras cosas, cachivaches médicos antiguos.

Asmodeo nos invita a improvisar un microrrelato sobre lo que queramos, los médicos, los enfermos, los cachivaches o lo que sea.

A los cinco minutos casi he acabado y le pregunto a Kakia:

—¿Qué has escrito?

—Nada, no tengo el equilibrio interior que necesito. —Kakia mastica chuches mientras me habla.

Yo le digo que he escrito un relato de un zombi que se va al médico y el médico le diagnostica psoriasis. Kakia sonríe y me dice:

—Y que luego el zombi contagie al médico.

—Ya te digo que va a hacer algo más que contagiarlo.

Asmodeo pasa por nuestro lado, aunque tengo la impresión de que pasa más por el mío. Quiere leer mi microrrelato. Como, tras el primer día, se ha generado cierta confianza, le digo que se lo lea él, que yo me voy a mear, como hizo una en Canarias. Y él se queda leyéndolo. Y mientras abro la puerta del baño, escucho una carcajada del escritor y a Kakia decir, «el final se lo he dado yo».

Cuando salgo del baño, Asmodeo no me deja hablar, me coge del brazo, sin preguntar, y me lleva al centro de la clase junto a Kakia. Asmodeo se dirige en voz alta hacia todos:

—¡Mirad qué microrrelato han escrito Kakia y Julia!

Yo miro a Kakia de soslayo y ella, simulando timidez, dice en voz muy baja, «si yo no...».

Para que sólo la oiga yo.

TE DESEO SIN MIRAR ATRÁS

El paciente, asustado, mira al médico. Teme un diagnóstico que le condene de por vida.

—Tiene usted psoriasis.

El paciente agarra la bata blanca y le come la cara al médico. No le ha gustado su diagnóstico de mierda.

A un zombi no se le tocan así los huevos.

Algo ha cambiado. Quizá haya sido el microrrelato. O quizá sólo empezara con el *solo*. O quizá todo comenzara incluso antes, nada más llegar, con las chicharras, porque es el cuarto día de curso y la verdad es que siguen cantando desesperadas por los rayos sofocantes de sol, que no cesan. Sólo se puede respirar dentro del refectorio y en el patio exterior, debajo de los olmos viejos, donde comemos y cenamos. Allí, bajo los árboles, hay un microclima, la temperatura es agradable y además corre un poco de brisa, aunque nos atacan los avispones y ejércitos de hormigas en hilera cuando dejamos la comida sobre la mesa, hasta que llega Kakia.

En cualquier caso, algo ha dado un giro radical. Y lo he notado aún más, si cabe, esta noche, cuando me encontraba sentada en la mesa para cenar, sin avispas, porque cuando oscurece no salen. Quizá han sido conquistadas por las chicharras. Quien la sigue la consigue.

Y es que el profesor Asmodeo, desde el primer día de curso, ocupó el asiento de mi lado para comer y cenar, sin que estuvieran los sitios asignados. Sin embargo, esta noche Asmodeo ha llegado tarde. Le ha tocado sentarse enfrente de mí, pero en el otro extremo de la mesa, detrás del jarrón, donde las margaritas de plástico le tapaban mi cara y a mí la suya. Y él se ha puesto a hablar de los premios literarios, porque alguien le ha preguntado nosequé al respecto. Asmodeo ha soltado una, dos frases, tres... Mientras hablaba, estiraba con disimulo el cuello, como una jirafa y también hacía movimientos extraños de lechuza con la cabeza para esquivar las margaritas, mirando en mi dirección. Abruptamente se ha levantado, como nervioso, le ha pedido a un alumno cambiarle el sitio. Lo ha justificado diciendo: «Desde aquí se me oye mejor». Y era, justo ahí, el lugar donde casi nos podíamos dibujar las caras con las manos. Entonces Asmodeo ha continuado contestando al que le había formulado la pregunta sobre los premios, pero su mirada estaba clavada en mis ojos.

En parte quizá sea yo responsable de la situación. Sucedió ayer por la noche. Sin pretenderlo conscientemente, me comporté como un insecto y lancé un simulacro de feromonas a tutiplén como confeti. Pasó tras la cena cuando íbamos todos con unas copas de más, incluidas las abuelas. Nos sentamos en los bancos del patio y yo mostraba preocupación por la que tiene la antología de haikus casi acabada. La mujer le pega mucho al orujo. De hecho, lleva su propia petaca. No sé si es alcohólica o bukowskiana, pero a mí me daba miedo que le diera un coma etílico o literario, porque la RCP improvisada se la hubiera tenido que hacer yo.

En cualquier caso, el calvo incipiente le preguntó a Asmodeo cómo triunfar en la escritura. Aunque tampoco entendí la pregunta, porque no es el caso de Asmodeo y seguramente tampoco será el del calvo. No obstante, Asmodeo le contestó algo un tanto impreciso:

—Hay que centrar objetivos.

Entonces Asmodeo otra vez clavó en mi pupila su pupila marrón, porque llevamos varios días de curso y me mira un huevo. Y yo he empezado a mirarle también, por inercia o por vicio, no lo sé, teniendo en cuenta que en la literatura medieval decían que el pecado entraba por los *oclos*. Sea como fuere, yo le dije a Asmodeo sin pensar:

—Ya que lo comentas, mi objetivo eres tú.

No voy a cuestionar mi inconsciente porque se lo dije, se lo solté tal cual, como lo del *solo* y *sólo*, sin reflexionar. Pese a que en ese momento, de verdad, yo no estaba pensando en Asmodeo, sino en Millás, porque para mí Juanjo Millás es el mejor, pero el caso es que no dije, «mi objetivo es ser Millás». Tampoco dije «mi objetivo es ser un tú», es decir, «un escritor como tú», porque pese a haber publicado yo sólo un relato, siempre he sabido que algo bullía en mi interior, desde los poemas que escribía de pequeña y que no me atrevía a enseñar a nadie.

El caso es que, tras soltarle lo del objetivo, noté que Asmodeo se quedaba de nuevo noqueado, como el día del solo y sólo. Creo que incluso más, porque juraría que le vi un temblor momentáneo, al menos en una de sus pupilas, como cuando tienes vértigo ocular. Pensé si, de algún modo, le habría contagiado mi tic del ojo izquierdo.

A continuación alguien me agarró fuerte del brazo, porque yo estaba otra vez sentada al lado de Asmodeo, porque no sé qué pasa, pero estos días acabo siempre sentada a su lado, aunque no estemos comiendo ni cenando. Que yo ya no sé tampoco si él se puso a mi lado o fue al revés. El caso es que Kakia, la cual estiraba de mi brazo, dijo taxativa:

—Nos vamos a dormir.

Y, mientras Kakia me arrastraba, oí la voz del escritor a mi espalda decir:

—Pe... pero si es pronto, ¿por qué? ¡No os vayáis!

Yo no supe reaccionar, porque Kakia a veces me da órdenes y me quedo así, como atontada, sobre todo cuando llevo dos copas. Y ayer por la noche llevaba cuatro. La verdad es que mientras Kakia, como un estibador, remolcaba mi cuerpo indeciso hacia el dormitorio, sentí que lo que me apetecía era tener los ojos de Asmodeo en mis ojos y apoyar mi ronroneante cabeza en su hombro, aunque tuviera que esnifarle toda la caspilla, hasta eso me resultaba entrañable.

Por eso, aún pedorra y sujeta por el brazo rollizo de Kakia, susurré en mi cabeza la frase:

—Te deseo sin mirar atrás.

DE LO QUE LE CONTESÇIÓ A JULIA EN SU SUEÑO

En la mitad de la noche me han despertado las chicharras.

Yo me encontraba empapada en sudor debido al calor que hace en las celdas, pese a estar situadas en la primera planta del convento, donde la brisa del exterior permite que el sofoco sea más benévolo.

Me he acercado hasta la ventana para refrescarme un poco. La luna llena iluminaba las copas de robles y encinas y el viejo castillo con sus murallas roídas sobre la pequeña colina que se alza frente a las celdas del convento. Me iba a acostar de nuevo, pero me ha parecido ver algo que se movía al lado del castillo derruido. Parecía la sombra de un árbol, pero ha empezado a descender con ligereza hacia el pedregal, colina abajo. Cuanto más se apartaba del bosque, la figura negra se definía con mayor claridad. Se trataba de una persona, llevaba una capa. La cabeza negra iba degradando su tonalidad a medida que se acercaba: negra, gris, ceniza, blanca...

... Albina

Me he asustado, así que le he gritado:

—¿Quién eres tú que te ocultas en las sombras y estás espiándome? ¿Por qué llevas esa capa?

Asmodeo se ha dejado ver. Llevaba una capa con capelina. Tenía nieve en los hombros. Yo no entendía cómo podía ser, con el poniente que hacía.

—Mi nombre es Asmodeo. La capa, de Jovellanos. Aunque, si te ofenden, renuncio a mi nombre y a la capa. —Y entonces se ha quitado la capa de un zarpazo. Estaba completamente desnudo. Para tanta capa, poco tenía de petimetre. Con la luz de la luna parecía una luciérnaga gigante. Le he dicho que se vistiera y se fuera a dormir, que yo era nudista y me daba igual, pero por nada del mundo quería que le vieran así, a ver si le hacían después una mala valoración por el curso o por cualquier otra cosa que hubieran visto y no les gustara. Yo no le podía ayudar desde la altura donde me encontraba y las tapias del jardín eran altas y difíciles de escalar.

—Una barrera de piedra no detendrá al escritor. —Entonces Asmodeo ha extendido los dedos de manos y pies, que de pronto parecían las garras de un buitre torgo y ha empezado a ascender por los muros, trepando basculante hacia mi ventana, como un lagarto. Mientras escalaba presto decía—: ¡Mírame con dulzura!

¡Si parecía un bicho!, ¿cómo le iba a mirar con dulzura?

Lo que he hecho es coger rápido una sábana y me he improvisado indumentaria rollito de primavera porque, con el calorro, yo también estaba desnuda.

Cuando Asmodeo ha entrado en la celda, las chicharras han entrado también con él, volando en derredor y estridulando. Incluso me ha parecido que Asmodeo se había apuntado al concierto, porque emitía un sonido parecido al de los bichos, pero en menor frecuencia.

Yo le he dicho a Asmodeo que creía que estaba todo un poco fuera de lugar, que si se había rayado por haberle dicho lo del objetivo, que en realidad yo estaba pensando en Millás, así que perdonara mis palabras.

—No me perdería ni una de tus palabras.

Yo ya tenía la mano apoyada en el pomo de la puerta. Podía escaparme fácilmente, pero Asmodeo me ha mirado a los ojos, las dos pupilas verticales de reptil le temblaban otra vez y a la vez.

—¿Me dejarás tan insatisfecho?

Me he quedado por un momento indecisa y, al final, le he contestado:

—Está bien, deja que hagan las manos para permitir lo que los labios quieran hacer.

Entonces Asmodeo se ha puesto a rasgar a toda velocidad la sábana que me tapaba con las garras que me traía, que ríete tú de Johnny Depp en *Eduardo Manostijeras.* Yo he cerrado los ojos y le he dejado que continuara, temiendo que todo terminara con suturas antes del amanecer.

Asmodeo me ha tumbado en la cama, me ha atado de manos y pies en forma de equis con los jirones de la sábana. Después se ha situado entre mis piernas y no ha sido a los *oclos* donde me ha mirado, sino a la ventana que había quedado entreabierta, y ha dicho:

—Será tibia y fragante.

A continuación ha sonreído y he visto que los incisivos y los colmillos eran afilados y largos, un total de doce dientes fosforito que daban bastante miedo. Le he preguntado, asustada, con mi tic palpebral:

—¿Adónde vas, Asmodeo?

Asmodeo ha cerrado los seis párpados de reptil, tres por cada ojo, ha descendido la cabeza y ha dejado su nariz a la altura de mi monte. Me ha pedido que cerrara yo también los ojos. Entonces he notado que me estaba susurrando un relato, lo podía escuchar por todo mi cuerpo. Sus bisbiseos entraban cálidos, primero se introducían por las arterias, impulsados a través de aurículas y ventrículos a la velocidad de un pálpito y luego volvían por las venas para comenzar de nuevo, de manera que las palabras de Asmodeo reverberaban por todo mi ser una y otra vez, era un relato redondo.

Entonces ha sido cuando ha sonado una voz atroz desde el otro lado de la puerta.

—¡Julia! ¡Julia! ¿Dónde estás?

La voz era de Kakia, la cual ha reventado, con una patada brutal, la puerta de la celda, algo que no he entendido porque no estaba cerrada con llave. Llevaba una cesta con merengues que iba engullendo mientras se acercaba hacia nosotros con premura. Cuando ha llegado a los pies de la cama, ha tirado la cesta al suelo y ha dicho, rabiosa, con la boca llena:

—¡*Efe* relato *ef* mío! —Y ha cogido, con las manos untadas de merengue, al pobre Asmodeo por los pelos canos y le empujaba la cabeza hacia sus genitales, mientras no paraba de gritar—: ¡Julia! ¡Julia!

He entreabierto los ojos, porque además de las chicharras, cantaba la alondra. Hacía mucho sol en la celda y me costaba despegar los párpados.

Kakia estaba frente a mí.

—¡Julia! ¡Vamos corriendo a desayunar, que te has dormido!

LA MUSA

¿Recuerdas que Asmodeo y yo tenemos un proyecto de novela erótica?

Bueno, pues ayer me escribió otro capítulo bastante tórrido, después de varias semanas de silencio. Porque nuestro proyecto funciona así, no escribimos al tuntún, uno escribe, el otro contesta, uno escribe, el otro contesta, así nos vamos dando *feedback* el uno al otro.

La verdad es que, como te digo, me envió una epístola bastante subida de tono. Me sonrojé y todo, porque claro, se trata de ficción, pero me lo escribe a mí, en primera persona.

¿Es que no has notado cómo me mira? ¿No lo has notado? ¡Si se perciben las vibraciones en el aire cuando se me acerca!

Me ha elegido como su musa ahora, soy su fuente de inspiración.

Aunque no te confundas, está casado.

Bueno, está casado, pero su mujer no viene nunca a las presentaciones ni a nada. Conozco a Asmodeo hace diez años, pero nunca he visto a su mujer, Ulisa.

¿No lo sabías? Pues ya lo sabes, está casado. No lo olvides.

¿Me has escrito ya la reseña del relato en Amazon? ¡De eso tampoco te olvides!

¿Qué hora es? ¿Cuánto falta para comer?

LA IMPORTANCIA DE LLAMARSE JULIA

Julia sale a pasear por el patio. Le da por pensar que Kakia se está comportando de un modo extraño, como Asmodeo, pero en otro sentido.

¿Por qué le habrá dicho e insistido con lo de la musa y, sobre todo, con lo de Asmodeo «el casado»?

No es casual, de eso está segura. Kakia mide mucho las palabras antes de hablar, sobre todo cuando concierne a los contactos del entorno literario. Todo debe ser amable, pastoso y empalagoso, no apto para diabéticos, no sea que alguien se sienta ofendido. El ego de los escritores se debe rociar a menudo con nata montada, virutas de chocolate y luego echarle un buen chorro de caramelo pegajoso para obtener beneficios a corto, medio y largo plazo, algo que Kakia sabe hacer fenomenal por lo bien que se maneja con la repostería.

«Cuánto nos quiere Kakia, qué buena es», esa es la imagen que Kakia desea proyectar de sí misma y a Julia comienza a resultarle cansino el paripé.

Julia mira hacia la colina y el castillo en ruinas. Recuerda haber soñado la noche anterior algo con Asmodeo, pero no sabe bien qué, la vigilia casi le ha borrado el sueño. No obstante tiene claro que en la televisión lo hubieran clasificado XXX.

¿Y si Kakia se ha puesto en modo alerta por haber notado el acercamiento de Asmodeo hacia ella? Pero, ¿qué más le da a Kakia?

Por otro lado, Julia no entiende lo que le está pasando con Asmodeo.

O sí, cómo negarlo. Cuando Asmodeo la mira a los ojos, a Julia le dan taquiarritmias. No obstante, está tranquila, se encuentran en un entorno controlado. Y, como Kakia ha dicho, Asmodeo está casado.

—«Asmodeo está casado, Asmodeo está casado» —dice Julia con retintín para sí, imitando a Kakia. De todas formas, por mucho subidón que tenga, todo es un tonteo literario de un curso que termina en dos días.

¿Sólo dos días? ¿Y ya no verá más a Asmodeo?

—Hola.

El saludo proveniente de la nada es de la abuela que no bebe orujo. Julia no la había visto. Ojalá que ella no la haya oído. La señora se encuentra sentada en uno de los bancos, dibujando con un lápiz sobre un folio. Julia se acerca.

—Hola —contesta Julia, sin poder disimular el mohín que se le ha quedado plasmado en el rostro tras pensar en que sólo tiene dos días con Asmodeo.

—Es un curso de escritura para disfrutar. Prohibido estar triste.

—Es un curso de escritura. Prohibido dibujar.

—Estoy dibujando la portada del libro.

Ambas sonríen. Julia se sienta a su lado. Ladea la cabeza.

—¿Qué es? ¿Un dragón?

—Sí. El del casco de Jaime I.

—¿Por qué pinta un casco?

La abuela le dice que está escribiendo una novela histórica desde hace diez años. Y que debe terminarla ya, porque no le queda mucho tiempo.

—Nadie sabe el tiempo que le queda —contesta Julia—. Soy enfermera.

—¿Sí? No te hacía yo enfermera...

—He terminado hace poco. En realidad soy traductora.

—Dos estudios muy bonitos. Como los pendientes de estrellas que llevas.

—No son estrellas: son dos arañas.

—Ah, pues son bonitos igual... ¿Y cómo es que una traductora se convierte en enfermera? Es un poco raro, como tus pendientes.

—Es complicado vivir de traductora en una ciudad como Olympia.

—¿Sí?

—¿Cuántas veces ha necesitado usted una traductora en su vida?

—Ahora mismo la necesito.

—¿En qué idioma?

—En realidad no se trata de traducir nada a otro idioma. Se trata de adaptar nuestro castellano al medieval, concretamente al del año 1200.

—No le sirvo. En cualquier caso, ¿cuántas veces ha necesitado una enfermera en su vida?

La señora mayor asiente.

—A veces me pregunto cómo hemos llegado hasta aquí, con tantas enfermedades, tanto *fierro* en las batallas del pasado.

—Yo también me lo pregunto, porque con lo poco que se lavaba la gente, a mí que no me busquen.

—Jaime I vivió hasta los 68 años. Todo un logro para la época. Dicen que medía o que sobrepasaba los dos metros. Que era rubio como la cerveza, con los ojos azules y las facciones delicadas.

Julia piensa en Asmodeo. Nada que ver, pero las fantasías con el pequeño mono blanco empiezan a ser recurrentes, es la realidad. Se le ha incrustado en el cerebro con una trepanación invasiva, sin darse cuenta.

—Y, ¿por qué escribe sobre Jaime I y no sobre otro rey?

—Por su vida curiosa. Por ejemplo, fue engendrado por engaño. Su padre, Pedro II, sólo se había casado con su madre por la dote de territorios que implicaba el matrimonio. No quería acostarse con ella y, como no había descendiente para el *reyno*, los nobles urdieron una trampa. Le propusieron un encuentro al rey con una hermosa *muger* a la que Pedro II deseaba con locura. Le dijeron que la única condición que pedía la dama para *yazer* con él era que la habitación permaneciera a oscuras. Y así hicieron el trueque. Entró la reina en la habitación en lugar de la dama. Fornicaron toda la noche con pasión. De este modo se gestó Jaime I en el vientre de la reina.

Julia escucha extrañada a la señora mayor. Le llama la atención que la abuela hable tan falta de pudor, aunque relate sobre un polvo de hace ochocientos años. Se pregunta si la señora mayor habrá fornicado mucho en el pasado.

En cualquier caso, Julia es consciente de que empieza a destartalarse porque filtra cualquier comentario a través de Asmodeo, sobre todo si es sexual. Tanto es así que ahora se pregunta qué pasaría si se metiera esta noche en la habitación de Asmodeo y le esperara allí, desnuda.

Ahora se siente estúpida. Asmodeo sólo le ha lanzado un par de miradas, pero más allá de lo que ella haya soñado, él no ha dado señales de querer nada más. Quizá la piedra de la locura y lujuria sólo está en su cráneo trepanado, que no en el de Asmodeo.

La señora mayor continúa:

—Por otro lado, Jaime I fue un conquistador, *un hom de fembres* le llamaban. Quizá lo heredó de su padre, el cual murió en la batalla de Muret. Los cronistas dicen que se encontraba aquella mañana con una debilidad extrema para batallar porque la noche anterior Pedro II estuvo fornicando con dos mujeres a la vez. Cuando asistió a la misa previa a la reyerta, sus contemporáneos decían que no se podía ni mantener en pie tras tanto fornicar, ni montar siquiera en el *cavallo* y que eso fue la causa de que le abatieran en seguida y muriera.

Otra fornicación. Julia no quiere hablar más de eso, ya tiene la mente bastante calenturienta con Asmodeo. Y en este caso, encima, con final fatal.

Quizá es una premonición. Quizá la señora mayor le está leyendo el futuro, sin saberlo.

—¿Y hay alguna curiosidad que no tenga que ver con la vida disoluta de su rey con casco de dragón?

—Muchas. De hecho, hay otra anécdota buena, pero... aunque no tiene que ver directamente con la fornicación, está relacionado.

—Vaya...

—Su *Magestad Iaime* I se casó en secreto con una tal Teresa, porque era la condición que ella le puso para *yazer* con él. Que o se casaban o que no fornicaban.

—Otra vez...

—El caso es que mantuvo ese matrimonio oculto con Teresa, porque también le interesaba otra mujer. Únicamente le confesó dicho matrimonio al obispo de Gerona. Y como este se chivó al Papa, Jaime I, *enfurezido,* le cortó al *monxe* la lengua. Dime, tú, que eres enfermera, ¿qué te puede pasar si te cortan la lengua? ¿Te puedes desangrar?

Julia se queda en *shock*. No se esperaba ese final. No tiene cuajo para contestar en ese momento. Vamos, que fornicar con Asmodeo «el casado» igual la deja sin lengua, esa es la conclusión. Mejor que no sea una premonición.

La señora mayor dobla el papel con el dibujo del casco. Sin decir nada, se levanta y, despacio, comienza a caminar.

—Me ha gustado hablar contigo. Por cierto, me llamo Herminia.

Mientras la ve alejarse, Julia le grita:

—¡Y yo Julia!

Sin girarse, Herminia le contesta:

—Todos lo sabemos, bonica. El profesor está muy pendiente de ti y te llama a menudo.

EL SECRETO

Es cierto. Asmodeo sigue pendiente de mí. Hoy juraría que me ha mirado fijamente otra vez, pero el escote. Ha sido durante la comida, cuando me he agachado para recoger una empanadilla que se me había caído, si bien no me ha dado tiempo porque Kakia se me ha adelantado.

En realidad, se me ha caído una almóndiga, pero, al contrario que a Kakia, se me quita el hambre al pronunciarlo, aunque la RAE lo acepte como desuso.

Volviendo a Asmodeo, hoy, tanto en la comida como en la cena, no es sólo que se haya sentado a mi lado, sino que he notado la pierna de Asmodeo, un par de veces, rozando la mía por movimientos suyos del todo innecesarios. En realidad, el banco del patio donde comemos no es amplio, pero los roces que creo ha provocado resultaban del todo prescindibles, como lo de mirarme el escote por la caída de la almóndiga.

Debo decir que yo no he apartado la pierna. Ninguna vez.

En cualquier caso, durante la cena, Asmodeo nos ha preguntado si habíamos leído todos su novela premiada.

—¡Yo *fí*! —ha dicho Kakia.

Por lo visto, Asmodeo había prestado un par de libros al grupo y yo ni me había enterado. Suelo ser bastante despistada. Así que, emocionada, me he apresurado a decirle:

—Te compro un ejemplar.

—Yo no vendo libros.

Lo ha dicho así, seco, como ofendido. De repente, he caído en mi error:

—Claro..., ya lo compraré a mi vuelta en una tienda.

Encima he dicho «tienda». Vamos, ni librería ni nada. Como si Asmodeo vendiera los libros donde los ultramarinos, al lado de las alcachofas.

Asmodeo no ha dicho nada más. Se ha quedado callado. Me ha parecido que perdía la posición de alumna preferida del profesor. Para qué engañarnos, así es como me he sentido estos días.

Herminia ha comentado que también había terminado la novela de Asmodeo y alguien le ha pedido el turno para leerla. La intervención de Herminia ha relajado un poco la tensión, o al menos la tensión que yo sentía. Las abuelas están para eso. Creo que lo ha hecho para echarme un cable.

Asmodeo ha seguido hablando con los otros sobre su novela, quería saber la posible interpretación que le habían dado al final. Por lo que comentaban, nadie parecía haber entendido el final. Y, mientras Asmodeo hablaba, la pierna de Asmodeo se había distanciado, ya estaba como a un palmo de la mía, como si la pierna mimosa hubiera perdido el interés por el roce. Y mi pierna me ha transmitido una *nostaljia* infinita por Asmo.

Así que a los cinco minutos me he levantado con la excusa de ir al refectorio para recoger el ordenador. Ya no me entraba nada de comida. Necesitaba escaparme porque no podía disimular los ojos de camella triste que se me habían quedado. Kakia ha aprovechado para servirse mi plato.

Una vez he metido el portátil en la mochila, yo no sé de dónde ha salido, pero ha aparecido Asmodeo, por detrás de mí, casi notaba su aliento en mi cogote. Ha extendido la mano y me ha ofrecido su libro. Y yo le he dicho sonrojada:

—No, no, tranquilo, ya me lo compraré a la vuelta... en una librería.

Él se ha puesto enfrente de mí, me ha mirado serio y ha dicho:

—No hace falta que te lo compres. Es un regalo.

He pensado que igual le había dado el rollo digno de «yo no vendo libros, yo los regalo».

Y luego ha añadido:

—No se lo digas a tus compañeros.

—¿Qué? No, que no hace f...

Asmodeo no me ha dejado terminar de hablar.

—No se lo digas a nadie del curso... porque quiero tener un secreto contigo.

Y esta última frase me la ha dicho a dos palmos de distancia, mirándome otra vez a los ojos y con determinación, sin vértigo en las pupilas. Tenía la mirada de felino, pero no de un miaumiau, sino de los que viven en África y se comen a una gacela entera y cruda en directo frente a los telespectadores para luego dejar el resto a los buitres.

Ahora, la noqueada era yo porque me ha entrado hasta un mareo, me ha empezado el tic del párpado izquierdo y me he quedado ahí plantada, con un brazo en jarras, que iba poniendo y quitando de la cintura, sin saber qué hacer ni con el brazo ni con el tic ni con nada.

¿Qué podría haber hecho?

¿Desmayarme? ¿Atreverme? ¿Ponerme furiosa?

¿O darle un morreo?

En ese momento, uno de los calvos ha entrado, como pasa en las películas con esos personajes que entran para interrumpir, que a veces es para bien y otras para joderla.

En cualquier caso, he sentido cierto alivio.

He cogido el libro, la mochila y me he ido con paso acelerado.

Pero lo que he oído, no lo puedo olvidar.

DE LO QUE CONTESÇIÓ EL ÚLTIMO DÍA DE CURSO

Hoy ha sido el último día del curso de escritura.

De nuevo nos hemos reunido todos en el refectorio.

Yo me he alegrado mucho de que hayamos terminado el taller con la abuela que bebe orujo, sin ningún susto por un coma etílico por hipoglucemia.

Asmodeo ha entrado el último en el refectorio, dándose pellizquitos en los hombros, con cinco minutos de retraso. No ha llegado tarde por lavarse los dientes, puesto que llevaba un tropezón enganchado entre los incisivos superiores de la derecha, que se le veía desde cuatro metros de distancia, donde yo me encontraba sentada junto a Kakia.

Kakia miraba fijamente el tropezón de Asmodeo.

Asmodeo nos ha pedido que le enviáramos cada uno de nosotros un relato por mail para corregirlo delante de todos, aunque no era obligatorio.

La abuela del orujo se ha lanzado a entregarle los haikus que había escrito esta semana, pero en papel, porque ella no había traído ordenador al curso, sólo la petaca. Yo creo que la señora mayor ya había coronado con orujo el café del desayuno, por la euforia con la que se ha levantado para entregar los haikus y porque Asmodeo ha retirado un pelín la cabeza hacia atrás, con el ceño fruncido, cuando ha recogido los papeles.

Asmodeo, mientras leía los poemas, le ha corregido con paciencia las faltas de ortografía y luego le ha dicho que, si quería publicar la antología de haikus que tenía casi acabada, le recomendaba que la llevara antes a un corrector.

Después ha valorado los poemas japoneses leídos con una frase rotunda:

—Están bien.

El calvo no integral ha mandado un relato que había escrito esta semana. Era una oda al bosque y los animales que rodeaban al convento en el que hemos realizado el curso. Me ha sorprendido que no nombrara a las chicharras, con el jaleo que han montado durante toda la semana.

Asmodeo también ha valorado el texto del calvo rotundamente.

—Está bien.

Ha habido un momento de pausa, porque Kakia estaba buscando su relato en el ordenador para enviárselo a Asmodeo. Lo tenía en una carpeta con las recetas de cocina y no lo encontraba. Herminia, por su parte, ha dicho que de momento necesitaba una especialista medieval, que ya se lo enviaría más adelante.

Asmodeo, entonces, se ha dirigido hacia mí.

—¿Y tú?

Me ha asustado porque no me esperaba la pregunta después de que hubiera dicho «no obligatorio» al respecto de entregar el relato.

Además, yo sólo había escrito un relato sobre un pelo, pero me daba entre vergüenza y reparo que lo leyera para todos. Vergüenza porque tanto los haikus de la abuela como la oda del calvo habían sido bastante sesudos. Y mi relato no lo era. Y reparo, por los dos calvos del curso, el incipiente y el integral, porque mi historia empezaba con un pelo que se cae de una cabeza y a ellos se les habían caído todos o casi todos. Y a lo mejor se pensaban que lo había escrito adrede por ellos. La verdad es que sí lo había escrito por ellos, pero no para fastidiarlos. Me daba un poco de palo que intuyeran que me había inspirado en sus calvas.

Asmodeo ha insistido:

—Va, envíamelo.

asmodeo.ppremiosamos@hotmail.es

Y le he dado al *send.*

HISTORIA DE UN PELO

El pelo negro y duro de la cabeza de Paco no cae lentamente, ni danzando en el aire como lo haría una hoja seca en otoño, sino horizontal y tieso. Sólo por las puntas aletea con desesperación como un colibrí con obesidad mórbida que por eso no aguanta su propio peso y cae al suelo tipo, ¡plof!

Y ahí se queda el pelo, solo y estirado. Hasta que pasa un zapato de hombre, un zapato con chicle blando, pegado en la suela. Un chicle con forma de nube gris por lo sucio y con restos de baba del niño que lo escupió la semana pasada, porque el chaval tenía hambre de bocata.

Y el chicle encuentra al pelo y el pelo encuentra al chicle. Y ambos se dan un beso tierno y pegajoso que los une durante unos pasos de recorrido porque, como es julio, todo queda en un sofocón, una breve aventura de verano, que termina cuando el chicle abandona al pelo, ahora todo pringoso, en la acera. El pobre pelo, triste y abandonado y pegajoso, se queda un par de horas deseando que alguien lo recoja. Y se fumaría un pitillo en la espera, pero, dadas las circunstancias, no puede porque el cigarro es unas 800 veces más grande que él y le iba a dar un subidón que te cagas.

Cuando empieza a estar desesperado pasa un perro jadeante de patas peludas. Uno de esos perros grandes que, aunque orientados, caminan como borrachos, mirando hacia todos lados, con la boca abierta y chorreando babas. Y el perro se lleva al pelo pegado en la yema, después de haberle echado varios salivazos desde su lengua gigante. Y el chucho llega a casa cuando se cansa de pasear de un lado a otro. Y su dueña que le espera ve que el perro tiene suciedad en las patas porque las tiene muy peludas. Y también ve que el perro tiene un pelo largo y negro pegado entre los pelos marrones de la pata y lo sabe de inmediato: ese pelo no es de su perro. Y saca las tijeras y corta rápidamente los pelos de la pata del perro. El pelo queda cortado en dos trozos. Una parte acaba en la chimenea y grita, apenas medio segundo de alarido de trozo de pelo para carbonizarse en un cuarto de segundo. Y se convierte en un rizo negro de carbón que se deshace rápidamente y se confunde con el resto de cenizas.

El otro trozo de pelo se queda, temblando y acojonado, en la casa del perro y la mujer de las tijeras, que cada vez se parece más al protagonista de Psicosis*, esa mujer que en un momento le ha cortado en dos trozos y ha carbonizado la mitad de su cuerpo en el fuego, sin piedad.*

El medio pelo tiene miedo, mucho miedo. Transcurridas unas horas, valora sus posibilidades: está al 50 %, en una casa con un perro marrón que no para de tirarse pedos en el sofá y nadie dice nada. Y con una mujer psicópata que ha quemado a su hermano gemelo en la chimenea y está ahí, tan tranquila, comiendo palomitas en el sofá y tirándose pedos con el perro.

El medio pelo no comprende nada. No entiende cómo una mujer tan bonita puede estar en el sofá, comiendo sola palomitas y tirándose pedos con su perro cuando podría estar por ahí, asesinando a gente con sus tijeras de psicópata y metiéndola en el congelador, porque en la chimenea no le cabrían.

Y entonces ocurre el milagro: una ligera corriente de aire que se forma en la habitación, inesperadamente, gracias a que la pedorra necesitaba ventilar el cuarto de flatulencias. Y el medio pelo grita, "¡ahora o nunca!", y sale flotando por la ventana.

¡Ahora es tan ligero!

El día es ventoso y aunque el medio pelo toca suelo una y otra vez, vuelve a volar y a volar y a volar de un lado a otro, hasta que cae dentro del mar.

Y aquí se resume el resto de la historia del medio pelo, que se convierte en marinero y rompe muchos corazones porque tiene muchas aventuras en cada puerto. Y poco a poco, acunado por las olas del mar, va envejeciendo, disolviéndose día tras día con el agua del mar. Y un día soleado y precioso, desaparece en la sal del agua.

Y yo no lo sé, porque no estaba allí, pero unos peces me contaron que le vieron poco antes de desaparecer. Y que esbozó media sonrisa porque le faltaba una mitad, pero que era sincera del todo y dijo que había sido muy hermoso vivir.

OTRO SECRETO

Asmodeo lee mi relato, del cual me corrige un par de cosas y, al terminar, me mira otra vez, ahora sonriente, con el tropezón visible en los incisivos superiores. Luego se pellizca los hombros, se empuja las gafas con el índice por el puente y me dice:

—Está bien.

Kakia envía su relato y Asmodeo empieza a leerlo frente a la clase.

Yo me quedo pensativa.

Vale, me ha caído un «está bien», aunque se ha reído, seguro, no son imaginaciones mías, porque le he podido ver el *paluego* enganchado en la encía.

El relato de Kakia es largo, pero que muy largo. Además, Kakia es bastante barroca escribiendo. Sus escritos son una macedonia de frutas, una ensaladilla rusa de palabras que precisan a menudo de diccionario. Y de expresiones e imágenes grandilocuentes, las cuales necesitas leer, al menos, tres veces para comprenderlas. Yo le tengo mucho respeto a Kakia porque en ocasiones me parece estar leyendo a Góngora o a uno de esos escritores tan cultos que son buenísimos, pero como Dámaso Alonso no se ha apuntado al curso de escritura, sigo sin entender casi nada de lo que cuenta.

Asmodeo, al llegar a la mitad del relato de Kakia, le dice:

—Está bien, aunque me he aburrido en algún fragmento.

Kakia asiente digna mientras masca chicle. Luego inclina la cabeza hacia mi hombro y me dice por lo bajini:

—Eso lo dice porque le falta sexo.

Y yo no me atrevo a preguntar a qué se refiere, si al relato o a Asmodeo.

El resto de los alumnos, tras el relato de Kakia, dice que prefiere una valoración por mail personal. Yo creo que les ha acojonado el barroquismo de Kakia y el comentario de «me he aburrido en algún fragmento».

Terminamos la clase y me voy a mear, porque soy muy meona. Y al salir, me encuentro a Asmodeo plantado como un chupachup gigante frente a la puerta del baño de chicas. Le digo que este baño no es el suyo, por si no se ha dado cuenta dónde debía mear después de una semana de curso.

—Quiero decirte una cosa, pero no se lo digas a tus compañeros.

¿Otra vez? Me quedo con los ojos como dos posavasos y los mantengo bien abiertos para no mostrar debilidad con el izquierdo.

A ver qué me va a caer ahora…

A Asmodeo le cambia la voz y muestra una ligera disfonía mientras me habla entre susurros. Por extraña que parezca la mezcla, su voz sibilante suena entre perversa y melancólica, todo junto.

—Me ha encantado tu relato del pelo, pero no lo puedo decir delante de los demás, por no hacer un agravio comparativo.

Y no quedándose a gusto con eso…

—Llevaba treinta años esperándote.

En ese momento noto cómo la adrenalina sale disparada desde lo más alto de mis riñones, las palpitaciones en el pecho y la sien, la sudoración en la frente, la hipertensión y el golpe de calor en la cara.

Casi no puedo hablar, porque no acabo de entender tampoco lo de los treinta años. A ver si Asmodeo tiene un ramalazo esotérico como Kakia. O a ver si le ha dado un buen lingotazo a la petaca de la abuela y se ha destarifado. No obstante, estoy más desbordada por la emoción que por otra cosa, así que sólo puedo farfullar un socorrido...

—Gracias.

Entonces, en lugar de un calvo, aparece Kakia y dice.

—¿Nos vamos?

Y ahora pienso que ya tenemos otro secreto, aunque lo que realmente me fastidia es por qué han dejado de cantar las chicharras.

LAS COSAS QUE PERDIMOS EN EL RUEGO

La despedida no ha sido dramática, pero sí un poco triste, aunque también hermosa. No obstante, mientras me alejaba del convento, me he quedado con cierto malestar e inquietud, como cuando te clavas una espina en un dedo. O cuando te despierta el vuelo de un mosquito y no tienes insecticida y sabes la noche que te espera. O cuando te das un golpe en el codo, o chafas una mierda sin querer.

He imaginado que el silencio de las chicharras de hoy —el día de nuestra partida— probablemente se debía a que el tiempo había cambiado al amanecer. Al salir el sol se escuchaba sólo cantar a los pajaritos.

Quizá las chicharras han dejado de estridular porque han terminado de aparearse.

O quizá se las han comido los pajaritos.

Nunca lo sabré, como muchas cosas que la vida se niega a desvelarte.

Después de que viniera Kakia a buscarme al cuarto de baño, hemos recogido las mochilas de las celdas para ir de nuevo al aparcamiento. El señor de la barba lanuda ha vuelto a aparecer por sorpresa, como de la nada, y nos ha acompañado hasta los coches. Les ha llevado a Herminia y a la abuela del orujo las maletas hasta el aparcamiento en una carretilla. Con los andares por la cojera, la barba hasta la cintura y la carretilla, el hombre parecía un duende.

Asmodeo ha dicho que nos avisaría por el grupo de WhatsApp del taller cuando le publicaran la próxima novela, que una presentación de su libro sería un buen momento para reencontrarnos. Luego, Asmodeo ha empezado a despedirse de todos con dos besos, excepto de los dos calvos, a los cuales les ha dado la mano.

Asmodeo me ha dejado la última para decirme adiós. Se ha acercado, me ha puesto con delicadeza las dos manos en los hombros y he notado el temblor de sus dedos sobre mis clavículas. Mientras me besaba en las mejillas, le he mirado a los ojos. Quería verle bien las pupilas, para ver si las tenía de reptil mediterráneo, de felino africano, de osito amoroso o isocóricas, como los humanos, pero Asmodeo me ha privado de averiguarlo porque ha mantenido los ojos cerrados al besarme. De todas formas, no me he podido aguantar y, aunque estaban todos los del curso delante, le he dado un abrazo rápido y le he dicho:

—¡Muchas gracias por el taller de escritura!

Asmodeo ha recibido mi abrazo como una mojama, o como un palo, literal. Me ha mirado boquiabierto, como si fuera a hablar, pero al final no ha dicho nada: ha cerrado la boca, se ha rascado el cogote y ha besado al calvo integral que pasaba por ahí en ese momento, aunque ya le había dado la mano. Como el otro semicalvo estaba cerca, lo ha besado también, supongo que para equiparar calvas. En ese momento he visto que el hombre de la barba lanuda ha cogido la carretilla y se ha ido corriendo hacia el monasterio, como si tuviera una urgencia. Como tiene pinta de ermitaño, igual temía que le cayera besuqueo.

Herminia y yo nos hemos comprometido, como poco, a llamarnos pronto. Le he regalado mis pendientes de araña. Ha sonreído y me ha dicho que no lo dudara, que se los pondría. De hecho, se ha quitado las dos perlas que llevaba y se los ha puesto. Nos hemos dado un abrazo fuerte y largo y me ha clavado, desde su lóbulo, la araña derecha en el cuello, pero me he mantenido pegada a ella como una lapa, hasta el final.

A veces no hay que estropear el momento. A veces un poco de dolor compensa.

Kakia ha dicho que mejor nos íbamos ya, por no pillar tráfico en la carretera, aunque no estábamos en hora punta.

Como Kakia conducía, yo me he girado en mi asiento de copiloto hacia la luna trasera, con un suspiro y cara de sepia triste. Quería despedirme del monasterio, que cada vez se hacía más pequeño. Me ha parecido ver cojeando en el campanario al señor de la barba lanuda y he pensado que igual no era un duende, que quizá era una gárgola y permanecía ahí petrificado todo el tiempo y sólo se convertía en carne y hueso para recibir y despedir a los visitantes del convento.

—¿Y ese suspiro? —me ha preguntado Kakia con un retintín que me ha descolocado por un instante.

—¿Qué? Pues que... me... me ha dado pena despedirme de Herminia...

—¿Sólo de Herminia?

Justo entonces nos ha sonado el móvil a las dos simultáneamente con un solo tono. Lo he agradecido porque no me gustaba cómo estaba evolucionando la conversación, ni el dejo impertinente de Kakia. Quizá Kakia también quería retirar lo dicho porque me ha pedido con voz más afable:

—Anda, coge mi teléfono. Mira a ver quién es.

He abierto el WhatsApp y leído el mensaje.

—Es... es... Asmodeo. Ha dicho en el grupo que hay una horchatería antigua de camino a Olympia, donde también hacen chocolate y buñuelos, que estaría bien hacer una última parada para despedirnos del curso de escritura...

Kakia, esta vez, con la voz dulce y acaramelada que utiliza en ocasiones, ha respondido:

—La verdad es que ahora no tengo nada de hambre. —Kakia ha bostezado—. Y estoy muy, muy cansada, ¿no me ves? Diles que no vamos. Di, porfa, que estamos las dos agotadas, pero... hazlo mejor desde tu móvil. Anda, no me cargues a mí sola con la responsabilidad de decir que no, que voy a quedar mal. ¡Gracias, Julia! Eres un encanto.

UNA PROPOSICIÓN CASI DECENTE

De: asmodeo.ppremiosamos@hotmail.es
Para: juliamontarazenftrad@uji.es

Querida Julia,

Espero que fuera bien el regreso, que hayas disfrutado del curso, que estés bien y que no te importe que te escriba este mail.

Ya ves, un montón de esperanzas sobre ti.

Sentí que no pudieras venir a la horchatería el último día. Te habría encantado. Es de las más antiguas de Tártaro, con techos altos y columnas de mármol. Y un suelo damero, blanco y negro, de baldosas hidráulicas. Una preciosidad.

Te eché de menos…

En realidad sólo (o solo) te escribía porque me gustaría que me enviaras los escritos que tengas para darte una valoración.

Te repito lo que te dije en el curso: me pareció muy fresco y original el relato que me enviaste en el convento. Vi algo que no había visto en ningún alumno después de más de treinta años como profesor de escritura, así que por eso quería apoyarte, si te parece, en este proceloso camino de contar.

Un abrazo,

Asmodeo Felaz
Primer Premio narrativa Samos
Escritor y licenciado en Ciencias Filológicas

***

De: juliamontarazenftrad@uji.es
Para: asmodeo.ppremiosamos@hotmail.es

Estimado Asmodeo,

¿Qué tal estás?

La verdad es que me habría gustado ir a la horchatería, yo no estaba muy cansada, pero Kakia sí. Y conducía ella. Además, no la sedujeron ni el chocolate ni los buñuelos, así que debía de estar extenuada.

¡Otra vez será!

Muchas gracias por tu mail y por ofrecerte a corregir mis relatos.

Es cierto que he escrito muchas cosas, pero aparte de diarios, la verdad es que solo (o sólo) tengo cuatro relatos y ya te has leído uno.

Los diarios casi que no te los envío, porque te pondrías a cien, pero si no te importa corregirme los relatos, te los adjunto en este mail y quedo encantada.

Un saludo,

Julia

***

De: asmodeo.ppremiosamos@hotmail.es
Para: juliamontarazenftrad@uji.es

Estimada Julia,

He leído la extensa obra de tus otros tres relatos y sólo te puedo decir que me han parecido increíbles.

Te he hecho algunas correcciones y observaciones, pero decirte que el talento está ahí. También te digo que hay que trabajarlo y que es duro. Yo te puedo ayudar.

Y ahí viene mi pregunta: ¿quieres trabajarlo conmigo?

Ya te lo piensas y me dices.

Un abrazo,

Asmodeo

Primer Premio narrativa Samos

Escritor y licenciado en Ciencias Filológicas

***

De: juliamontarazenftrad@uji.es
Para: asmodeo.ppremiosamos@hotmail.es

Hola Asmodeo,

Ostras!! La verdad es que me hace mucha ilusión trabajármelo contigo aunque sea duro (eso espero).

También espero que me perdones por decirte esto tan claro, pero es que no tengo mucha pasta, vivo de ahorros y de la prostitución. Y ahora mismo no tengo clientes.

En serio, estoy en el paro, esperando que me llamen del hospital, así que no sé si es el mejor momento.

¿Cuál es tu tarifa?

Me refiero a la tarifa por tutorizarme o lo que sea. Si quieres saber lo que cobro yo, dime lo que quieres y también lo hablamos :D :D :D

Un saludo

Julia

***

De: asmodeo.ppremiosamos@hotmail.es
Para: juliamontarazenftrad@uji.es

Querida Julia,

Me has dejado realmente preocupado con lo del hospital. Espero que te encuentres bien de salud. Si necesitas algo en lo que te pueda ayudar, me dices, de verdad. Quiero que veas en mí a un amigo. Ya ves que el curso fue distendido.

Por otro lado, no te preocupes por lo de la tarifa, no iba por ahí. Podemos hablarlo y te explico: tengo confianza en ti y es mi deseo ayudarte. Y también que me ayudes tú a mí. Es para un proyecto.

Permíteme que al menos pueda descubrir si eres lo que me ha parecido ver: un diamante en bruto.

Lo puedes considerar como un experimento, si quieres. Y, si no te gusta, podemos dejarlo tal cual.

Me gustaría que me llamaras, cuando te parezca bien, y te lo explico todo. Tendrás mi número por el grupo, pero te lo envío igual y así lo tienes por mail también, por si algún día pierdes los contactos o te sales del grupo.

Asmodeo: 666 666 666

Por cierto, puedes llamarme como mis amigos: Asmo ;)

Un beso muy fuerte de tu amigo,

Asmo

PD: ¡Qué casualidad que tu número sea 888 888 888! Parece que la figura de tu número de móvil complemente al mío. Desde que te conozco, no ceso de encontrar coincidencias que me vinculan contigo, como si en un universo paralelo nos hubiéramos conocido ya.

***

De: juliamontarazenftrad@uji.es
Para: asmodeo.ppremiosamos@hotmail.es

Hola, Asmo!!!!

Jajajajaja, pero, ¿de verdad no recuerdas que te dije que soy enfermera?

Bueno, ya que has firmado como amigo, entiendo que no te interesa mi tarifa, así que, si no te importa, te voy a llamar ahora mismo, porque tengo mucha curiosidad por lo que comentas del proyecto.

Espero encontrarte en este universo, porque en el paralelo igual no tienes el mismo número y no te localizo.

Mil gracias, Asmo!!! Hablamos en seguida!!!

Julia

***

TE LLAMO

WhatsApp
De: 888 888 888
Al: 666 666 666

Hola Asmo!!!!

Hola Julia, ¿cómo estás?

Bien, pero aun alucinada...

¡¡No m lo puedo creer!!

¿D verdad q kieres escribir conmigo una novela???

Bueno, podemos plantearlo como un experimento

¡Que chulo!

Si sale bien, publicamos juntos y ganamos los dos

Uauuuuu publicar juntos q pasadaaaaa

pero, jolín es que

¿Qué?

Q m akbo de acordar de algo

¿De qué?

Es q Kakia m dijo q estabais xcribiendo algo erótico juntos

Sí, es cierto, pero...

Si quieres, llámame de nuevo y te lo explico

Es q yo no se xcribir como ella, xa nada!

Yo no espero ni deseo eso de ti

Uffffffff

Uf, ¿qué?

:S :S :S

¿Julia?

No sé, crees q se molestará x...?

Se lo diremos con cuidado

Diremos???

Pues se lo diré yo con cuidado

Uffffffff

¿Qué te pasa Julia?

:(

No tiene nada que ver lo que estoy escribiendo con Kakia.

Es totalmente distinto.

Además, yo a eso no le veo ninguna salida ahora.

:P :P :P

Te ll amo

***

EL MANUSCRITO

De: asmodeo.ppremiosamos@hotmail.es
Para: juliamontarazenftrad@uji.es

Querida Julia,

Como te dije, la idea es una novela erótica, porque creo que con tu ingenio podemos conseguirlo. Quiero esa frescura de tu pelo (relato) en nuestro proyecto común, porque creo que puedes, de verdad.

Sé que no tienes confianza en ti, pero créeme: yo sí confío. Estoy apostando sobre seguro, ¡créeme! ¡créetelo!

Mañana te paso la estructura, compartimos ideas y empezamos a trabajar.

Un abrazo y un beso,

Asmo

***

De: asmodeo.ppremiosamos@hotmail.es
Para: juliamontarazenftrad@uji.es

Querida Julia, mi Julieta de ficción,

Te escribo después de un día terrible con una tortura de relatos insufribles de mis alumnos. Otra vez he leído unas historias con una pompa y circunstancia del todo innecesaria, lo que les hacía perder a los textos toda la naturalidad (algo que a ti te sobra). Unas redacciones vacuas que se desmoronan como torres de Babel, cargadas de afeites, pero sin nada de sentimiento verdadero.

Llevo así ya tres décadas, como profesor de escritura, leyendo escritos horribles y teniendo además que inventarme algo positivo que decir a los alumnos sobre unos textos que *detexto,* no te puedes imaginar cuánto. Si fuera honesto con ellos, les diría que yo mismo mataría a la literatura para siempre y con sadismo, antes de que cualquiera de sus escritos inmundos apenas la rozara.

A veces creo que es el karma, como escritor, el hecho de tener que leer obligatoriamente tales redacciones espantosas. Algo habré hecho. Tengo en ocasiones pesadillas, donde pienso que me vuelvo peor escritor, contaminado por los engendros dignos de chimenea o de papel de inodoro que tengo que leerme y corregir a diario.

Debo decirte que todo esto me agota sobremanera y pienso que también soy corresponsable de la situación por alentar en la escritura a personas que no tienen nada que contar, ni por la forma ni por el fondo de lo que escriben.

Como tú dirías, Julia, con esa naturalidad y capacidad de síntesis que tienes:

¡Son malos de cojones!

Por eso, aunque he llegado a casa reventado, no he podido resistirme al embrujo de tus escritos y he abierto el mail para ver lo que habías adelantado de nuestro proyecto común.

Debo decirte que has sido como una inyección de adrenalina (disculpa si no he acertado con la hormona o la administración).

Estoy muy orgulloso de ti. Y es que has cogido al vuelo, con mucha destreza, el tono de nuestra novela erótica. Me haces reír, me conmueves y me excitas sobremanera, con una elegancia y un humor exquisitos. Me dejas sin palabras. Y ten en cuenta tu potencial para dejar sin palabras a un escritor.

Así que te doy las gracias por haberme hecho olvidar el día horroroso de prostitución literaria vivido. Todo se ha esfumado después de leerte el primer párrafo.

Nuestro manuscrito será una novela rompedora y maravillosa.

Debemos publicarlo, aunque sea lo último que hagamos.

Un beso enorme de tu Asmo.

PD: Me prometo no volver a repetir esto, pero a veces debo apartarme de lo que escribes porque se me despierta un deseo brutal por convertirme en ese personaje de ficción lobuno que devora tu deliciosa piel.

***

De: asmodeo.ppremiosamos@hotmail.es
Para: juliamontarazenftrad@uji.es

Mi querida Julia,

Tengo que esforzarme por no escribirte a cada segundo.

Te acabo de dejar y, ¡tengo ya tantas tantas ganas de verte de nuevo!

Tengo los labios algo inflamados y una herida en la barbilla por tanto besarte. Ulisa me ha preguntado al respecto y le he dicho que eran herpes. Me ha dicho que fuera a la farmacia para comprarme una pomada.

Ya sé que te da igual que esté casado y que me dices que no te cuente los «rollos» de mi matrimonio, no por celos sino porque ya soy «mayorcito» para saber lo que hago. En cualquier caso, creo que a Ulisa le daría igual lo nuestro. Hace años que ni siquiera me besa, incluso me gira la cara cuando intento hacerlo yo, parece que le moleste mi cercanía. O mis besos. O todo.

Tienes razón, no debo hablar de esto ni de nada, hablar es del todo irrelevante, porque lo único que deseo es volver a verte, cuanto antes, llegarme hasta ti sin frenos, para que me zahieras con tus besos una y otra vez, sin pronunciar palabra alguna.

No obstante, sí quiero hablarte sobre el maravilloso manuscrito que ya está casi a punto de finalizar, tejido con nuestras palabras, pero sobre todo con las tuyas, con el ingenio que te caracteriza. Yo he sido un simple director de orquesta.

Déjame que te diga al respecto del texto, que me ha encantado cómo has descrito a mi personaje masculino: *tan blando por fuera, que se diría todo de algodón, que no lleva huesos*. Enseguida he entendido que era el tiempo posterior a la erección. ¿De dónde has sacado algo tan original?

Sabía que podías conseguirlo, quise exprimir hasta la última gota de tu ingenio para que ahora podamos estar juntos en la novela. «Julia y Asmo», eso es lo que me gustaría poner porque tu escritor está loco por ti, soy tu Asmo, para siempre tu Asmo.

Te quiero.

Te deseo.

No sé si te quiero o te deseo más.
Asmo

***

De: juliamontarazenftrad@uji.es
Para: asmodeo.ppremiosamos@hotmail.es

Hola, mi querido Asmo,

¿Herpes? Lo que tienes en el labio y barbilla se parece tanto a un herpes como yo a Taylor Swift. Al menos se te ha ocurrido decirle herpes a Ulisa y no candidiasis, para no liarla todavía más.

Si te duele lo tuyo, te lo cambio por lo mío: me has dejado toda la zona perioral con tu barba de tres días que parece que me hayan pasado una lija de grano de sesenta.

No obstante debo decir que no me molesta. A veces me aprieto las heridas de mis labios por puro masoquismo para recordar cómo tu barba blanca de erizo albino asesino me machaca el mentón. Y es que seguiría besándote hasta que me lo dejaras despellejado (seguimos hablando del mentón... o no).

Me puedes hablar sobre lo que necesites, incluida Ulisa. No me molesta. Lo que me resulta un tanto irritante es que insistas en decirme lo bien que estás conmigo porque en tu casa hacía tiempo que nadie te decía cuchicuchi. Si eso ya te pasaba antes de encontrarme, supongo que serías consciente de ello. Me refiero a que no me hagas sentir como una prótesis. Ni tampoco quiero el papel de órtesis. Todo son apoyos cuando te falta o te falla un miembro. Ovarios. Y yo ahora sólo quiero que el tuyo se enfile hacia los míos, insistentemente, una y otra vez (no me malinterpretes, que nunca me gustaron los gatos, ni los niños ni las gonorreas).

Yo ya sabía que estabas casado (pensaba que tú también). Por mi parte fue inevitable pasar por alto esa peculiaridad tuya. No porque me importase, sino porque Kakia insistió en recordármelo durante el curso de escritura una y otra vez, entre bollos. No entendí su recelo porque me prestaras atenciones. De hecho, me pareció una bobería de parvulario por su parte, pero ahora me planteo si es que Kakia, con sus vibraciones extraterrestres de hechicera, adivinó que podría convertirme en competencia para ella por lo que respecta a escribir contigo.

La verdad es que acertó…

¡Uff!, ¡si yo no pretendía escribir nada contigo! ¡Yo quería cuchicuchi, como tú!

Por cierto (*what a horror!*), aún no le hemos comentado que estamos haciendo algo a cuatro manos. Ni que estamos haciendo mucho más con el resto de todos nuestros miembros y órganos, por no decir genitales, aunque eso no debería de importarle a Kakia.

No le debería…

No sé cómo le va a sentar lo de nuestro manuscrito, pero me temo que, si no mal, le sentará no-bien, pero, claro, a ver cómo explicamos lo de la escritura sin explicar todo lo demás, hombre casado (por si se te *orvida*).

¡Qué rollo!

Perdona, no quiero darle más vueltas a Kakia o a Ulisa.

Sólo quiero decirte que no te pido nada. Si no quieres seguir con el manuscrito, no seguimos. Y si no me quieres seguir viendo, por mucho que me joda, lo mismo (respecto a esto segundo, avísame antes, porque voy a necesitar coger unos bisturíes del hospital para una amputación, es que soy muy fetichista y me gustan los suvenires, sobre todo cuando me dejan tirada los tíos casados con barba asesina). En serio, de verdad, si te crea algún conflicto, podemos no vernos más (y no hace falta que me avises: tengo un cuchillo jamonero en casa)...

En cualquier caso, si es ahora, vas a tener que ser tú el que pare esto. Te podría decir que yo no puedo, pero en realidad es que no quiero dejarte, de ninguna manera. Lo único que deseo es tirarme, colina abajo, dando volteretas por la ladera de una montaña, haciendo la croqueta contigo. Y si no podemos ir a la montaña, me conformo con hacer un *sushi* con Asmo en la cama, un *maki* bien apelmazado, como el arroz, que no quede ningún hueco libre entre los dos, pegarme tanto a ti con tal adherencia que no nos puedan separar sin cortarnos las lenguas, rompernos las articulaciones o cercenarnos los genitales (lo siento, Asmoedín, por la parte que te toca).

Y en realidad este último párrafo era lo que quería escribirte cuando me ha saltado tu mensaje en el buzón, pero ya que he comenzado este mail como un aburrido ensayo sobre la inmoralidad de estar y de escribir contigo, decirte que te mando el último capítulo de la novela.

Ahí te lo dejo. Todo.

Yo te deseo y te quiero como una burra, a partes iguales, pero por favor aféitate para nuestro próximo encuentro, porque ya empiezo a parecer la portada de un cómic *Creepy*.

Besosbabosostodosparati

Julia

***

WhatsApp
De: 666 666 666
Al: 888 888 888

Hola Julia...

Hola Asmo!!!

¿Va todo bien?

Staba xperando tu respuesta

No sabía si me había pasado riñéndote ji ji

Perdona, no puedo hablar mucho.

:(

Ulisa me tiene el móvil vigilado, también el mail.

No puedo hablar y borro todo lo que escribo.

:S :S :S

Ha leído el último mail que me enviaste.

:O :O :O :O

Lo siento mucho :S

No me contestes a este mensaje.

De momento, no me escribas ni me digas nada más.

Te escribiré yo en cuanto pueda.

***

De: asmodeo.ppremiosamos@hotmail.es
Para: juliamontarazenftrad@uji.es

Querida Julia,

Me disculpo por haber tardado dos días en contestar, pero no me ha sido posible. Ulisa tenía controlados mi móvil y mail. En parte, todavía los tiene. En cualquier caso, yo le prometí que no te contactaría hasta haber hablado con ella primero.

Ahora que tengo la posibilidad de escribirte, no sé cómo hacerlo. Me pones difícil lo de escribir, me dan ganas de renunciar a todos los premios recibidos por no ostentar el título de escritor en este segundo.

¡Ojalá fuera ahora mismo analfabeto!

Me han pasado muchas cosas contigo por primera vez, has desvirgado al escritor de formas inimaginables.

Ya tenía nuestro proyecto en la mesa para darle el último retoque, pero he tenido que interrumpirlo por lo sucedido estos últimos días.

Supongo que ninguno de los dos queríamos llegar a este punto y tú ya vaticinaste que la responsabilidad de enviar este mensaje sería mía. Y acertaste.

Así que allá voy, sin más preámbulos.

Ulisa lo sabe todo y me ha perdonado. Han sido unos días muy difíciles para los dos.

Y yo no puedo dejar de pensar en ti, pero quiero darle una oportunidad a nuestro matrimonio, ella se lo merece.

Que si bien creo que la quiero, tampoco puedo olvidar tu humor ácido, tus respuestas espontáneas, que dejan noqueado al más avezado. Como tampoco puedo arrancarme de la lengua el sabor de tu piel, tu respiración en mi pecho y tu mirada triste cuando nos despedimos el otro día en tu casa.

¿Por qué no te encontraría hace treinta años?

Pero eso ahora ya no importa. Aunque no puedo dejar de pensar en ti, no puedo hablarte, ni escribirte, como tampoco puedo coger nuestro manuscrito y trabajar en él, porque ese texto comenzó a poseernos y nuestros personajes de ficción nos engulleron desde dentro, hasta dejar nada de la realidad. Todo dejó de existir para nosotros. Y no puedo continuar con todo esto, porque la realidad existe, se llama Ulisa y sigue ahí.

Por eso debo renunciar a ti y al manuscrito.

En un año quizá podamos tomar nuestro extenso texto de quinientas páginas y trabajar de nuevo sobre él.

Espero que cuando todo esto pase, nos podamos volver a encontrar como dos amigos que fueron amantes.

Asmo

PD: Voy a borrar este mail y a enviarte otro menos apasionado, porque Ulisa me ha pedido la contraseña para acceder al móvil y al ordenador y estoy seguro de que va a entrar para ver qué te he escrito, pero quiero que sepas que este es el mail verdadero.

***

De: asmodeo.ppremiosamos@hotmail.es
Para: juliamontarazenftrad@uji.es

Hola Julia,

Lamento despedirme por mail, pero creo que es lo mejor.

Amo a mi esposa profundamente. Nunca debió pasar esto. Ha sido un error, me encontraba en un momento crítico y fui débil.

Ulisa es la mujer de mi vida. La amo. Le he hecho mucho daño y quiero continuar mi vida. Solo con ella. Es mi decisión.

Siento despedirme así, no lo sé hacer de otro modo.

Al final el mensaje es lo importante, no el medio.

Un saludo,

Asmodeo Felaz

Primer Premio de Samos

Escritor y licenciado en Ciencias Filológicas

***

LA DESPEDIDA DE JULIA

Hola Asmodeo,

No entiendo lo de la supervisión, pero no es mi competencia juzgar las capitulaciones matrimoniales, ni contratos ni decisiones ajenas.

En cualquier caso, antes de recibir tus últimos mensajes esta noche, he tenido un presentimiento extraño. Así que he quitado las sábanas de mi cama porque todavía olían a ti. No ha sido una mala decisión porque ya empezaban a oler a muerto, lo que no sabía, aunque lo intuía, es que era en todos los sentidos.

Aunque ha sido acertado lavarlas, es una estupidez que haya hecho ese pequeño ritual, porque en nuestro cerebro hay una conexión directa entre el olfato y las emociones y, por tanto, en la memoria. Y aún estoy oliéndote modo *on*, con sábanas y sin ellas.

Con gusto, habría metido el cerebro también en la lavadora para podérmelo lavar y así no estar pensando en ti cada vez que respiro o que parpadeo, pero entonces nadie habría podido sacar la lavadora y, con esa maniobra, habría acabado oliendo a muerto no sólo las sábanas sino toda la casa.

Ya sabía que lo nuestro era un equilibrio inestable muy delicado, pero eso no me ha librado de llorar durante toda la noche y lo que me queda, porque aún no ha amanecido. Estoy en un momento de pausa, con los ojos hinchados como si me hubieran infiltrado mal la silicona en los párpados. Y los labios, ni te cuento, que ya te gustaría haberlos aprovechado en este estado en alguno de nuestros encuentros.

En estos momentos me da igual el manuscrito, la verdad. Formó parte de nosotros porque nos construimos juntos a través de las palabras, pero eso nunca fue para mí una prioridad.

Yo no me acerqué a ti para escribir contigo. Yo llegué ya a casa después del curso de escritura como si me hubiera inyectado en bolo una bomba de dopamina, serotonina y estrógenos, porque cuando recibí tu primer *mail* se me quedó una sonrisa en la cara todo el día como si hubiera tenido una parálisis facial.

Entiendo que quieras recuperar lo tuyo con Ulisa. Al fin y al cabo, nosotros sólo hemos estado tres meses juntos. Yo no puedo competir con las vivencias, sentimientos y emociones de toda una vida. Y también porque respeto tu decisión y, más allá del calentón, he llegado a quererte. No puedo quererte y no respetarte. Por eso, por mucho que me duela, quiero que hagas lo que quieras hacer. Por otro lado, tampoco soportaría que estuvieras conmigo con tus dudas y renuncias por no haber podido recuperar tu relación de treinta años. Me convertiría en otro «¿y si...?». Y eso sí que no lo soporto, que la vida ya tiene bastantes dramones, no hay necesidad de añadir otro más gratuitamente. Y si esa es la situación, casi que prefiero dejar que recaiga en ti la responsabilidad de irte.

Aunque, claro, esto te lo digo con la boca pequeña, porque lo que me gustaría es que hubiera un apocalipsis zombi y sólo quedáramos tú y yo en el planeta, en modo humano o zombi. Y que sepas que, de zombi, a la primera que me comía sería a Ulisa, que se joda. Además empezaría por el cerebro, porque no hay vacuna ni cirugía que arregle eso. A tomar por culo el control del sistema nervioso y ya está.

Y te digo esto desde el cabreo porque a lo mejor resulta que te quiero yo más ahora que Ulisa, pero no se puede comprobar porque no hay un marcador analítico para eso, como pasa con la coagulación o la glucosa o las proteínas de la sangre. Así que nos tenemos que fiar de lo que sentimos y de creernos lo que el otro dice que siente por nosotros. Si son miedos o dependencia o manipulación disfrazados de amor lo que une a las personas, no se puede saber. Al fin y al cabo, la vida es un teatro y con que representemos bien el papel elegido, pues nada, aplausos plas-plas-plas. E independientemente del microrrelato zombi relatado o del teatro mejor o peor representado, tú ya has elegido. Y no ha sido a mí.

Con esto quiero decir que me habría gustado que me dieras alguna oportunidad. Porque si me la hubieras dado, no te habrías ido. Si soy capaz de comerme los sesos crudos de alguien, siendo medio vegetariana y con el asco que me dan las vísceras, ya te digo yo que si llegas a presentarte el día programado en mi casa, ya no te vas. Y no me habría hecho falta ni atarte, como tú hiciste conmigo un día.

Eso es todo. Te voy a dejar, porque me han vuelto los sollozos y veo borroso. En realidad, la nariz no ha parado de chorrearme desde el segundo párrafo, ya ves que no tengo mucho aguante. He dejado el teclado del ordenador hecho un Cristo porque quería acabar de escribir esta misiva del tirón y se me ha terminado el rollo de papel higiénico porque pañuelitos ya no tengo. Así que, por no levantarme, me he quitado la moquera con el dorso de la mano una y otra vez durante todo el mail y ahora me resbala por los dos brazos, hasta gotea por un codo. Espero que mañana arranque el ordenador y si no, daños colaterales y en paz.

Me despido, de ti y ahora, así de patética. Tampoco te voy a mandar un selfi para ilustrarlo, porque acabo de ir al cuarto de baño a por más papel y me he asustado al verme en el espejo. Parece que me haga falta un chute de adrenalina por *shock* anafiláctico porque tengo la cara como una pelota de playa roja.

Y como no sabes, tampoco te voy a mandar este mail. Se va a la papelera de mi ordenador ya. Si hubiera escrito en un folio, al menos me serviría para limpiarme los mocos y lágrimas, que menos amigable era el papel *El elefante* y lo utilicé en mi infancia para sitios bastante más jodidos, pero ni para eso me valdría todo este escrito porque, al fin y al cabo,

Alea iacta est.

O como diría Kurt Vonnegut, *mehr gibt es nicht,* que significa *es lo que hay.*

Cuánta gente lista ha habido en el mundo que sabía decir las cosas bien y breve. Qué inútiles son a veces las palabras.

PD: Se me olvidaba…

Le mandaría recuerdos a Ulisa, la supervisora, ya que me ha cogido afecto y quiere leerme, pero como finalmente no voy a enviar este mensaje, desde el cariño…

Que te den, Ulisa.

LOS JUGUETES DE FAMOSA

¿Asmodeo? No, no lo veo mucho.

Bueno, pues cuando me comentaste eso de que te había ofrecido también escribir una novela erótica, le dije que no quería continuar con nuestro proyecto.

No, no, si ya sé que lo vuestro era otro tipo de novela erótica, pero…

Estoy harta, ¿sabes? ¡Harta de que me quiten mis juguetitos! Porque me curro mogollón las relaciones interesantes, de dárselo todo, y aparece luego un cualquiera y me dejan de lado, como pasó contigo.

Que no lo digo por ti en concreto, es así, en general, que lo das todo y luego te decepcionan.

Bueno, Julia. Al final es un tío. Un escritor, pero un tío. Una cosa no quita la otra.

¿Quinientos folios has dicho? ¡Qué barbaridad! Ya, ya, si estabais todo el día escribiendo o trajinando, está claro.

Que yo no te digo que no tengas «algo», ¿recuerdas que te lo dije? Pero bueno, de ahí a que escribierais una novela en tres meses y que eso pudiera ir a algún sitio…

En cualquier caso, si eso fuera a algún sitio, a mí no me dejéis fuera, ¿eh? ¡Ni se os ocurra dejarme fuera! Porque, eso es cierto, Asmodeo habrá visto algo en ti o no se plantearía lo de publicar.

Bueno, bueno…, ahora aún está la cosa candente, pero pasado un tiempo, si a Asmodeo no le interesa publicar porque sigue arreglando su vida, pues no pasa nada. A lo mejor no le importa abandonar definitivamente vuestro proyecto y que me trabaje yo su personaje. O si él quisiera participar también, pues podría trabajar yo con otro personaje de la novela. Por ejemplo, dada la trama erótica, puedo ser Ulisa en la novela, la mujer celosa y vengativa que os asesina a los dos o algo así.

O te puedo asesinar sólo a ti.

UNA PROPOSICIÓN INDECENTE

¿Julia? ¿Eres tú?

Ay, tía, ¡que ilusión!

Mira, es que soy Bryony, la amiga de Kakia, del grupo de escritores que nos encontramos todos los sábados en el taller literario. Me ha dado tu teléfono.

Quería proponerte una cosa. Es que estoy con una novela y queri…

¿Que no te interesa el taller? No, no, si se trata de otra cosa. ¿Sabes?

Es que te quería proponer si te vendrías conmigo a Santorini, a gastos pagados porque necesito una intérprete. Porque tú hablas alemán, ¿no? Es que yo ni papa ni alemán ni inglés.

¿Que no estás animada?

Bueno, no me digas aún que no, tía. Me ha dicho Kakia que ahora no estás trabajando, ¿no? Lo podríamos pasar bien. ¿Sabes? Serían sólo un par de días.

¿Te parece si nos vemos y te lo explico con detalle?

GOETHE HA MUERTO

Julia espera en el bar a Bryony. No sabe qué pedirse, si un café o una horchata.

—¿Qué le apetece tomar?

—Una caña.

Cuando el camarero llega con la caña y los cacahuetes para Julia, Bryony hace su aparición en el bar, con un vestido demasiado ceñido para las lorzas *bryónycas* y muy escotado. Un collar de cuentas brillibrilli le desaparece a Bryony enredado por el desfiladero cárnico, por donde se precipita también la mirada del camarero.

—Una cola *light*, porfi —dice Bryony. Y el camarero, con los ojos rebosando cuentas brillibrilli, musita un «en seguida».

Julia se levanta para saludar. Bryony la mira de arriba abajo sentenciando con los ojos las mallas y la camiseta raída de Julia.

—Hola, Julia, ¿cómo estás? —Bryony besa dos veces a Julia en el aire, a la altura de los lóbulos de las orejas.

—Hola, bien...

—Pues... no sé, tía, no haces muy buena cara. —Bryony se peina con los dedos el pelo.

—La regla —miente Julia.

—Ah, bueno.

El camarero llega con la cola y una sonrisa tonta. Parece que, como al montañero Ralston, sus ojos se han quedado atrapados en ese cañón, como dos canicas, sin ninguna intención de arrancárselos.

—¿Qué… qué tipo de interpretación necesitas?

—Pues mira… Te lo cuento todo. —Bryony sacude las dos muñecas ensortijadas con pulseras cantarinas— ¡Es que estoy muy emocionada! Resulta que escribí una novela con Asmodeo Felaz, ¿sabes?

Julia se queda pálida como un lirio. Aun sentada, se apoya con las dos manos sobre la mesa porque le da un vértigo, se le va la cabeza y teme que se le desplome encima del plato de los cacahuetes.

—Tía, ¿estás bien? Te has puesto… Te has puesto muy… ¡muy blanca!

Julia traga saliva, se pone la palma en la frente. La nota fría y ligeramente sudada.

—Es… es un poco de hipotensión por la regla.

—¿Llamo a alguien?

—N… no, no… —Julia da tres tragos de cerveza seguidos para recomponerse. Bryony la mira boquiabierta—. Sigue, no pasa nada. Todo bien.

—Bueno, tía, como eres enfermera, tú sabrás. Pues, como te decía… bueno tía, Asmodeo, en realidad, sólo me corrigió la novela que escribí yo. Fue un encargo y me cobró por ello. Pero a veces lo cuento así, como si hubiera participado, cuestión de *marketing*, porque como le dieron el premio de Samos. Es para ponerle un poco de salsa al tema, ¿sabes?, aunque no escribiéramos a cuatro manos.

Julia se fija en los dedos de Bryony. Parece que tiene dactilitis en cuatro falanges, dos dedos salchicha en cada mano, más en la mano derecha y en las falanges proximales, no en las distales. ¿Tendrá artritis? Si no va con cuidado, es posible que un día no se pueda sacar el par de anillos que lleva en cada dedo. Quitar un anillo trabado no es tan sencillo. Una vez, desde urgencias, tuvieron que llamar a los bomberos para que cortaran el anillo de una chica con una radial, porque el dedo inflamado corría el riesgo de necrosarse. Y otro día acudió un paciente con un anillo también atorado, pero en el pene. El hospital requirió de nuevo la ayuda de los bomberos, pero en esta ocasión se negaron a intervenir.

—El caso es que, después de la corrección, llevé personalmente mi obra a una editorial de aquí, de Olympia. ¡Y han quedado encantados! ¡Me publican! Aunque yo debo pagar los ejemplares a precio de coste por el momento. Lo voy a hacer, ¡es una ventana que se abre para mí!

Julia escucha a Bryony a medias, porque ahora recuerda a otro paciente, el montador de ventanas, que llegó a urgencias porque llevaba sin orinar más de veinticuatro horas. El hombre se había metido la silicona que utilizaba para colocar las ventanas por la uretra para mantener la erección, esa era la idea. Y Julia piensa en lo que le debió de doler al ventanero cuando le sacaron a estirones en quirófano un molde perfecto de silicona de su propia próstata por el mismo sitio por el que había entrado.

—... Entonces, en este caos que llevo de las presentaciones, ya sabes, tía, la promoción a través de Facebook, Insta, TikTok y todos los contactos, etc. Pensé que ya puestos... ¡he tenido una idea genial!

La verdad es que Julia lo que no entendió de aquel tío que se metió la silicona por la uretra es por qué narices acudió a urgencias con la hija. Porque estaba claro que, antes o después, le iban a pillar y tendría que confesar lo que había hecho. Y así fue. La hija, en cuanto oyó relatar a su padre por dónde y, sobre todo, para qué se había metido la silicona, salió abochornada de la consulta y no volvió.

—Y ya que voy a hacer todo ese trabajo, ¿por qué no expandir mi obra más allá de Olympia? ¡Ahora es el momento! El caso es que le pedí a un amigo que me tradujera mi novela al alemán y, ¡ya está! Por un poco más de dinero, la editorial va a imprimir unos ejemplares más en alemán, ¿no te parece emocionante? Y ahí es donde entras tú.

Julia no se ha enterado de casi nada, así que opta por un socorrido:

—¿Co... cómo te puedo ayudar?

—Pues... —A Bryony le lagrimean los ojos y se abanica con la mano derecha pseudoartrítica—, es que muy estoy emocionada, tía. Ya sabes que en Santorini, a tres horas de aquí, hay auténticos guetos de alemanes, zonas donde no se habla ni una palabra de español.

—Sí.

—Pues que he contactado con un par de pubs alemanes, ¡y me dejan presentar ahí mi libro! ¿Te imaginas? Es un inicio pequeño para abrirme al mercado alemán.

Julia recuerda a un alemán al que atendió durante dos semanas en la planta de digestivo porque nadie más le entendía, un alemán muy prepotente y maleducado. El enfermar no te libra de ser mejor o peor persona. El caso es que el teutón se encontraba pendiente de una operación del tubo digestivo por haberse intentado suicidar con un coctel de cerveza y salfumán. Llevaba un estoma en el intestino, porque ninguna otra parte del aparato digestivo funcionaba bien, sobre todo la superior. La jodió porque, arrepentido tras tomarse el cóctel, se forzó al vómito, así que el daño fue mayor. El salfumán le quemó a la entrada y a la salida.

—¡Anímate a acompañarme, tía! Ya sabes, ¡vienes a gastos pagados! Bueno, lo que es el viaje, el coche lo pongo yo. Y, si te parece bien, pondremos un fondo para algunas cosas comunes, como la gasolina y la comida. ¿Qué te parece? ¡Serán como unas vacaciones! Por cierto, un poco arregladas deberíamos ir, ¿vale, tía? No sé, un vestidito mono o lo que sea…

BRYONY Y LA PRESENTACIÓN

Julia finalmente se embarca a Santorini, aunque no le salga gratis. Ya ha pasado más de medio año y no se olvida de Asmodeo. Piensa que quizá un cambio de aires le sentará bien.

El primer día Bryony no vende ni un ejemplar de su novela.

—No pasa nada por lo de ayer. Hay que mantener una actitud positiva, tengo el presentimiento de que hoy saldrá todo bien. Sólo necesito establecer un buen contacto. Y mi obra encontrará su sitio. Y gracias por maquillarte un poco y cambiarte el vestido, tía, aunque este mío te quede un poco grande. Sí, el de ayer era «mono», pero es que el estampado con todas esas catrinas y cactus, no sé, a mí me desequilibró el *feng shui.*

En la puerta del bar se puede leer:

Kein Spanisch wird hier gesprochen.

No se habla español.

Esta segunda taberna, rústica y pintoresca, se asemeja a una cabaña de montaña de caza, forrada en su totalidad de madera. En las paredes cuelgan cornamentas de cérvidos y caprinos por encima de la barra, donde la jarra más pequeña de cerveza es de medio litro.

En la gramola retro suenan canciones folclóricas alemanas. Parece que hoy celebran algo parecido al *Oktoberfest.*

Los teutones ya están un poco piripi. Algunos llevan el traje tradicional, ellos con *lederhosen,* los pantalones cortos de cuero sujetos por dos tirantes y ellas con corpiño, delantal y zuecos de madera.

La mayoría de ellos y ellas tienen síndrome metabólico, una panza redonda que se extiende hasta la espalda con varias lorzas laterales que se remarcan por debajo de la ropa poco holgada. Julia no duda que muchos de ellos no llegarán a octogenarios si no cambian hábitos. Esas barrigas ya hacen sospechar de hipertensión, hipercolesterolemia, una diabetes tipo II cercana o inminente, si no la tienen ya.

Julia pregunta por el encargado de la taberna, un hombre con mofletes colorados, dientes blancos y grandes y sombrero con dos plumas, el cual acompaña a Julia y Bryony hasta una tarima donde han dispuesto una pequeña mesa, dos sillas y un micrófono.

—¿Quieres algo, Julia? Faltan veinte minutos para la presentación.

—Una cerveza.

—Yo una cola *light.* Toma, pídelas y paga del fondo. Desde luego, ¡vaya precios! Sobre todo las cervezas, que cuestan bastante más que las colas.

Julia mira la lista de precios. La cerveza, es cierto, cuesta más que la cola, exactamente diez céntimos más. La diferencia es que Julia se toma como mucho dos cervezas y Bryony es capaz de beberse unas seis colas diarias que paga del fondo. Al igual que paga del fondo todos los postres de las pastelerías de Santorini, ya que a Bryony le gustan casi tanto los dulces como a Kakia.

Los autóctonos del bar miran con curiosidad a Bryony y Julia. Más a Bryony que, como siempre, lleva un top ajustado, con otro collar que se le desliza y desaparece por el escote. Minifalda y botas altas. Un poco rolliza, pero resultona.

Ya es la hora. Bryony toma el micrófono entre sus manos, pero con sólo la mitad del aforo pendiente, porque la música folk sigue sonando por detrás y hay un poco de jaleo. Mucha gente hablando a la vez. La mitad no se percatan de la presencia de las dos chicas de Olympia. Algunos de los teutones están demasiado borrachos como para bajar el volumen al hablar. Otros tantos se mantienen expectantes, dudando si Bryony y Julia van a cantar o hablar.

Bryony acerca los labios pintados de bermellón hasta el micrófono plateado que emite un pitido simultaneo al saludo inicial de Bryony.

Bryony: Buenos días —¡piiiiiiiiiii!—, *Guten Tag*, mi nombre es Bryony.

Julia: *Guten Tag, mein Name ist Bryony.*

Bryony: He venido a presentarles esta novela de auto ficción.

Julia: *Ich bin hierher gekommen, um meinen neuen Autofiktionalen Roman zu präsentieren.*

Bryony: Ha sido un trabajo muy duro durante un año entero.

Julia: *Ich habe ein ganzes Jahr sehr hart dafür gearbeitet.*

Bryony: Asmodeo Felaz, el primer premio Samos, ha participado en esta aventura literaria conmigo.

Bryony lo ha vuelto a hacer, como el día anterior. Y hoy a Julia le da un subidón por el cabreo, agudizado tras haberse bebido de golpe el medio litro de cerveza. La irritación la lleva a hacer algunos cambios en la traducción

Julia: *El escritor Amodeo Felaz, primer premio de Samos, ha tenido una aventura conmigo.*

Los alemanes que estaban menos pendientes empiezan a prestar atención.

Bryony: Aunque el escritor aparezca sólo en la sombra, la escritura ha sido a cuatro manos.

Julia*: Pero me dejó al descubrir la sombra que me persigue hace cuatro años.*

Bryony: La novela trata sobre una mujer que, tras haber perdido la esperanza de encontrar el amor, se topa con él a los 50 años.

Julia: *La novela habla sobre una enfermedad rara que me han diagnosticado definitivamente a los 50 años.*

Bryony: Desde que se conocen en una playa paradisíaca, ya no hay marcha atrás.

Julia*: No hay cura para la misma. Estoy sentenciada. Ya no hay marcha atrás.*

El silencio invade el bar. Deja de sonar la música de la gramola que entonaba una canción sobre el bosque, la nieve y una campesina alemana enamorada de un cabrero, una versión de Heidi y Pedro para adultos. El grupo de teutones que estaba bailando se concentra también en escuchar a Bryony y Julia.

Bryony mira a Julia, emocionada. Julia le enseña el pulgar por debajo de la mesa. Bryony continúa.

Bryony: Es también una novela de autocrecimiento. Yo misma he ido evolucionando como mujer y como escritora cada día.

Julia: *En la novela describo con detalle cómo esta enfermedad ha ido creciendo en mi interior, devorándome cada día.*

Bryony: Espero que les guste. Me he desplazado desde Olympia hasta aquí porque creía que mi obra quizá sería también comprendida por una cultura ajena a la mía, ya que habla de temas universales como es el amor.

Julia: *Espero que les guste. He venido* ex profeso *desde Olympia porque mi novela habla de temas universales como lo son la enfermedad y la muerte.*

Bryony: Me encantaría que este viaje no fuera el último a Santorini.

Julia: *Probablemente este sea el último viaje que realice a Santorini y a cualquier sitio.*

Bryony: Les veo muy concentrados. —Bryony sonríe—. Les agradezco que hayan sido un grupo tan atento.

Julia: *Me cuesta concentrarme. Sonrío porque, dado el poco tiempo que me queda, no quiero que nada me arranque estos momentos de felicidad.*

Bryony: Y sin más, si desean leer mi obra, pueden adquirirla aquí mismo.

Julia: *Les traigo los últimos ejemplares que me quedan, los pueden adquirir aquí mismo. No se va a volver a editar.*

Bryony: Si quieren ponerse en contacto conmigo, no tienen más que acceder al «Todo sobre mí» que pueden ver en la contraportada de la novela. ¡Muchas gracias por su atención!

Julia: *Los fondos serán íntegramente destinados para personas que padecen esta enfermedad rara también. Quizá con su contribución a ellos sí puedan salvarles la vida. ¡Muchas gracias por escucharme!*

Los alemanes se levantan, aplauden en bloque. Bryony, emocionada, da las gracias otra vez. Luego los alemanes se acercan hasta la mesa. Algunos incluso lloriquean, abrazan a Bryony y también a Julia.

Los alemanes le dicen a Bryony:

—*Arme Frau. Sie sind sehr mutig...*

(*Pobre mujer. Es usted muy valiente...*).

Bryony mira a Julia con cara de interrogante.

—Les has cautivado. Te auguran el mayor éxito.

Le compran todos los ejemplares y despiden a Bryony y a Julia con el himno alemán y un aplauso, hasta la puerta.

—Tía, por favor, ¡menudo triunfo!

—¡Impresionante!

—¿Ves, tía? Si es que te tenías que haber quitado el vestido de catrinas y cactus ayer, eso fue en contra del *feng-shui*. ¡Ya has visto que cambio! Vamos, ¡que te invito a un gin tónic! Pero a este te invito yo, ¿eh?, nada del fondo. ¡Y no admito protestas!

EL PROCESO CREATIVO Y LA *LITEBASURA*

¿Qué tal, Julia? ¿Cómo estás?

Me contó Bryony que estuvisteis en Santorini y que fue todo un éxito, que agotasteis todos los ejemplares. Y que hay unas pastelerías fantásticas.

Cuando escriba mi novela haremos lo mismo, ¿eh? Nos vamos para allá y me presentas.

¿Has visto el enlace que te he enviado de Amazon? ¡En la antología que hicimos entre amigos, ocupamos una posición de veinticinco ventas en un mismo día!

Sí, Julia, ya sé que participamos casi veinte personas en la antología, pero es igualmente un logro, ¿no crees?

Me estoy leyendo la trilogía más vendida del momento. Sííí, esaaa, además han hecho una serie en Netflix, no sé si lo sabes.

Me he hecho un esquema de las cosas que he visto. Te lo mando:

Cada tres capítulos, una escena de sexo.

Una pareja principal (amor) y dos secundarias (una de ellas homosexual).

Un cabreo, malentendido de la pareja principal.

Un clan malo y un clan bueno.

Dejar abierta la historia de los personajes principales, la no resolución del malentendido, queda abierto.

Por ejemplo, en la trilogía más vendida del año pasado, había más sexo todavía y ningún homosexual.

Pues así funciona. Con esta fórmula, te digo yo que me forro, ¡me forro seguro!

Por cierto, hay un concurso de relatos en una provincia de Olympia, en Pothia, que se falla en un par de meses, ¿te apetece participar? ¡Yo voy a participar!

Y ahora te voy a contar un supersecreto. Te lo cuento, pero ¡ssssssh!

Enmanuel forma parte el jurado y me ha dicho que, si me presento al concurso de Pothia, me da el primer premio, tal cual. Le digo el título y me lo da. Y que como él es el mandamás del jurado, los otros no tendrán huevos a decir lo contrario. ¡Participa, Julia! Hay todavía un segundo premio y un accésit.

¡Anímate! ¡Será divertido!

DOS MESES, TRES DÍAS Y UN FALLO

12:01

Ahora resulta que a Enmanuel no le ha tocado mi relato. Que se los han repartido. Eso, eso ha dicho. Ha añadido que va a intentar rescatarlo de algún modo. Está pensando en proponerle a los otros del jurado que se intercambien los relatos, pero que mucho tiempo ya no hay y que no era la idea inicial. No puede cambiar las normas así como así, eso ha dicho. No obstante, lo va a intentar.

Estoy tan nerviosa que he almorzado tres veces, sin hambre.

***

11:00

Malas noticias. ¡Muy malas!

Pues resulta que hoy de madrugada me ha llamado la mujer de Enmanuel, que *su Enmanuel* no había llegado a casa a las cinco de la mañana y llevaba un cabreo que te cagas. Yo le he dicho que no sabía nada, claro.

¿Que si ya ha llegado? ¡Claro que ha llegado! A las nueve y duchadito.

¿Que qué más me da? Pues que ayer Bryony estaba muy bolinga, muy tontuna. Ya sabes, como se viste ella, reapretada a más no poder, que si se tira un pedo rompe la falda. Y con toda la pechuga superior fuera, como si fuera una *paraeta.* El caso es que la vi haciéndole la pamplina a Enmanuel toda la noche, durante la cena, en el pub y en todos los sitios, que si risita por aquí, que si caricia por allá, que si bailecito pegados... Y ya sabes, ¿no?

¿Es que no lo sabes?

¡Que Bryony también ha presentado un relato! Y hoy me ha llamado Enmanuel, ha repetido la palabra «problema» varias veces y que no tenía nada claro que pudiera colar mi relato para el primer premio. ¡Vaya coincidencia! ¿No te parece?

¿Qué? ¿Que si me he leído el relato de Bryony? Pues claro que me lo he leído, ¡me he leído todos los relatos de todos los participantes!, ¿que tú no? ¡Si ya están en la plataforma en modo abierto, desde que se cerró el plazo! Y el suyo, debo decir, es una mierda, ¿sabes? Si es que no tiene pies ni cabeza, que no hay por dónde cogerlo, pero claro, Enmanuel es muy picha floja, y tal y como se desarrollaron ayer los acontecimientos... Ya me entiendes, a ver qué dice ahora Enmanuel sobre mi relato, que el primer premio me lo prometió a mí en un inicio, no a Bryony.

***

13:20

Mal rollo, ¡estos han follado! Que te lo digo yo, porque he llamado otra vez a Enmanuel y me ha dicho que, definitivamente, no sabe cómo va a poder influir en mi relato... ¿Y en el de la otra? ¿En el de Bryony sí puede influir? Mira, mira, no me he atrevido a preguntarle, pero... ¡ja! Como le caiga el primer o segundo premio a Bryony, te digo yo que estos dos han follado. Qué manera más sucia de ganar un concurso, de verdad, tirarte al jurado. No se puede caer más bajo.

***

10:15

Mira, que he hablado con Enmanuel y me ha dicho dos cosas.

Que su mujer está cabreada por lo del otro día, porque llegó duchado por la mañana. Y por eso Enmanuel ha borrado todos los mensajes que me ha mandado de Facebook, no vaya a ser que su mujer le pille diciendo algo del concurso, de lo que me prometió, ya sabes, y lo chantajee. Que es muy lagarta la mujer.

¿Qué? Pues no, no. Ha dicho que el primer premio ya es definitivo, que no me lo puede dar. Fin. ¡Que no, que no! Que va para Bryony. Ha dicho que su relato es muy bueno, que al final no depende de él sólo. Así lo han valorado los otros dos del jurado, como un relato rompedor. Eso ha dicho.

De verdad, «rompedor», ¡qué poca vergüenza! La cara le rompería yo a Bryony de un tortazo.

No obstante, al final Enmanuel le ha pedido a otro miembro del jurado buscar mi relato, les ha dado el título, a ver si puede conseguir que me den al menos el segundo premio.

***

12:38

Me ha llamado otra vez Enmanuel, que mi relato lo habían descartado, no lo habían seleccionado, pero como lo ha pedido Enmanuel, pues que lo han sacado de los rechazados y que va a hacer todo lo que pueda. Que luego me dirá.

***

15:00
¡Quedo la segunda! Me lo acaba de confirmar extraoficialmente Enmanuel.

Bueno, después de todo, no hay que enfadarse con Enmanuel. Somos amigos. Ah, pero ha dicho que el día de la entrega no lo saludemos, que no nos conoce, para que nadie sospeche nada y digan que los premios están amañados. Ya sabes, hay gente muy avispada.

***

21:00

¡Julia! ¡Me acaban de llamar! Se han fallado los premios y me han confirmado oficialmente que tengo el segundo premio.

¡*Eftoy* muy contenta!

Eftoy comiendo chocolate con *churrof* de *poftre* para *felebrarlo.*

Ef que con el *difgufto* que tenía, creo que *hafta* he perdido un par de *kilof efta femana.*

Al menos tengo dignidad, voy a ganar esto sin tener que acostarme con nadie para eso. Después de todo, el premio que me han dado ha sido limpio. Me lo he ganado yo.

Por cierto, ayer hable con Asmodeo... no te lo quería decir antes del fallo, por no agobiarte ni agobiarme yo...

Mañana te cuento. Pero nos vamos después a cenar, ¿eh? Que mañana es la entrega de premios y luego hay cena y en ese restaurante hacen unas tapas impresionantes.

***

EL MANUSCRITO ENCONTRADO EN LA BAZOFIA

Bueno, lo dicho, te lo cuento pero luego nos vamos a cenar sí o sí con los del concurso, ¿eh? No te me pongas tonta que hay que pasar página ya, que esos ojitos tristes que me pones a veces, ya está bien.

Pues, Julia, del manuscrito dijo que primero le pareció la hostia, que sí, tal cual, que le pareció que desbordaba ingenio, pero luego, tras meses de no mirarlo, lo releyó y vio que no era... que era.... Pues que no valía, que... que no valía, ya está. No, no dijo bazofia. ¿Qué? Eeeeh... no... tampoco... tampoco dijo mierda.

Dijo lo que te digo, que le pareció algo muy bueno al principio, pero que luego... que luego, pues eso, que no le pareció... que le pareció... que no se podía hacer nada con eso, que no era de ninguna manera publicable.

Bueno, los artistas son así, un día dicen una cosa, otro día dicen otra. Un día sientes una cosa y al día siguiente ya no la sientes. Así son las personas creativas. ¡Y Asmodeo es artista! Y las emociones las manejan mal, tienen emociones cambiantes, se dejan arrastrar por ellas y ya está. Yo empatizo con él porque también soy muy creativa y me pasa. Soy muy emocional.

Pues no sé, a lo mejor sería un calentón. Vio talento por el calentón, y luego se le pasó, pero eso yo no lo sé, eras tú la que te metiste en ese jaleo. Ya lo sabías.

Ya te avisé, Julia, las partes bajas, ¿no? Es que no hay más. Ya sabes esa frase tan burda de que los tíos piensan con la p…, pues eso, Julia, eso, es que no hay más. Es escritor, pero tiene polla y se le fue la olla. Mira, un pareado me ha salido y todo. ¡Si es que soy buena hasta sin proponérmelo!

Y tú sigue mi consejo: si algún día le ves, pon buena cara igualmente, porque en este ámbito no se debe hablar mal de nadie, sobre todo de los literatos potentes. Pones dientes, dientes como dijo la Pantoja y ya está.

¿Nos vamos a cenar?

ABRE LOS OJOS

Tras el fallo nos reunimos por la noche con el jurado y varios participantes del concurso de Pothia en un bar. Kakia está contenta con su segundo premio, pero de vez en cuando observa con ojeriza a Bryony. Y cuando Bryony le dice alguna tontería a Enmanuel, Kakia me mira y levanta los ojos hacia el techo con una mueca en los labios, mientras sigue degustando tapas.

El jurado habla de los relatos y el mío sale a colación. Y es porque lo escribí sobre un hombre muy tonto, muy burro, perdido en el espacio, que criogeniza a su difunta novia para clonarla y fantasea sexualmente con ella en el congelador, pero sólo en su mente.

Enmanuel dice que, al leer mi relato, le comentó a los otros miembros del jurado:

—Ha caído en mis manos el relato de un tío, porque fijo que es de un tío, y está muy enfermo —Enmanuel hace una pausa—. ¡Y luego supimos que era el de Julia!

Hay una carcajada de varias personas en la mesa. Enmanuel empieza a contar la trama de mi relato. Bryony propone salir a fumar a Petra, la cual ha ganado el accésit. Y yo me apunto con ellas a fumar. Mientras salgo, escucho a mi espalda lo que Kakia dice de mi relato:

—La idea inicial del relato se la di yo.

Yo estoy borracha, pero lo que acabo de oír estoy segura de haberlo oído antes, ¿así o al revés? Me da igual. Mi mente esta noche sólo la ocupa Asmodeo flotando en una balsa, como Ofelia, pero de cerveza, porque yo ya he perdido la cuenta de las que llevo.

En realidad pensé en Asmo cuando escribí el relato del tío tonto y burro en el espacio, porque después de casi un año, todavía sigue ahí.

No le he olvidado.

Soy consciente de que estoy fatal. Después de nueve meses, tres semanas y unos días más, que suman exactamente un montón de días porque estoy pedo y no tengo capacidad de contarlos, tras todo ese montón de tiempo transcurrido sigo pensando en él. Como dijo Kurt Vonnegut, *mehr gibt es nicht,* que se traduce como es lo que hay.

En *gualquier casho goncluyo, bientras bi báncreas* y *bi* hígado *be* dicen *gue bare* de beber de *una buta* vez, *dras* volverlos a *regaaaarrr* con un *bar* de *dragosh, gue* debo *dedener laudoesshtima* de una rata *aplaschtada bor* un *gamión,* a la *gue desbuésh leá vomitao* encima un gato, *borrascho* como yo, *bero deshdentao,* y *gue* la lluvia *sssheá llevao dooodo* ese *bastitsche ashqueroooosho* y *abestoso bor* la *clo-cloaca bara guntarshe gon* los restos de los *orinesh* y *hecessh* de *Olymbia, borque* ya *be* vale *eschar* de *benos* a un tío *gue be shhchulea, be diz-eh* que soy la *hooossssshtia,* un *diamandeen* bruto *bara fffollar* conmigo. ¡Si *be* lo habría *follao* igual! ¡*Gue gilibollas*! Y luego *be diene esgribiendo dressss, ¡dresssh butos besesh! bara* luego decirle a *bi sshupuesta* amiga *gue... gue* lo *gue* escribo es una *bieeeeeerda. Gue ademassh* de *enffffermera* soy *dradu-draductora* e *indérbrede* y así *gue* sé *inderbredar,* sé *inderbredar guando* dicen no *bubligable* y *guieren* decir *bieeeeerda,* una *bieeeeerdaaaa binchá en un baaaalo, gue* la *draducción masssh correshta bara eschosssheria Shit on Doast.*

Bryony me echa el humo del cigarro en la cara y me saca de mis pensamientos. Lleva un amplio escote. Pienso que la piel la protegerá de que se le encienda un día toda la silicona que lleva. Bryony da un respingo sin mirarme, no me había dado cuenta de que tiene el ceño fruncido. Habla y fuma medio cabreada. O cabreada del todo, no lo puedo valorar.

—Es increíble, tía, yo es que estoy flipando. ¡Estoy flipando! —Mientras habla, no me mira a mí, sólo a Petra—. Aun habiendo ganado el concurso, venga hablar de relatos que ni siquiera han sido seleccionados. No he oído esta noche que se haya dicho ni una palabra sobre nuestros relatos ganadores, ¡ni una palabra!

Petra asiente y yo no me doy por aludida. A mí me da igual. Yo no he ganado ni he sido seleccionada. Lo único que he conseguido es que me diga un jurado literario que escribo como un tío enfermo. Y un escritor premiado que lo que escribo es una mierda.

En ese momento pienso, ¿qué coño hago yo aquí?

Y miro al cielo de Olympia, oscuro y estrellado. Y me evado del todo de la conversación, del bar de tapas y de la calle. Levanto los brazos y levito, me voy flotando hacia arriba. Transcurridos pocos segundos, ya no veo las cabezas de Bryony ni de Petra, serán algunos de los micropuntos indeterminados que han quedado a cientos de metros de mis pies. Luego me acelero todavía más, más, y más, como un cohete. Y me pongo incandescente, como una bengala, hasta que llego al espacio exterior. Sólo entonces me detengo para volver a flotar ingrávida. Y dando lentas vueltas en forma de aspas de molino de viento cervantino, pienso que quizá Asmodeo también esté por ahí, por el cosmos, en un universo paralelo y lejano de los que Punset y Michio Kaku hablan. Quizá Asmodeo me haya criogenizado también como el protagonista de mi relato y abra el congelador todos los días para mirarme. Y entonces me desee todavía, mientras mira excitado y conmovido a mis ojos muy abiertos, fríos e inertes, tras una placa compacta de hielo.

Ojos muy abiertos, la traducción es *Wide Open Eyes.*

LOS JUEGOS FLORALES

A ver... «Concurso con plica».

Por ejemplo, yo considero que el concurso ha sido limpio, porque al final, si Enmanuel rescató mi relato de los descartados es porque sabía que daría la talla para ganar, al igual que el resto del jurado cuando se lo leyeron a conciencia.

Vale, es verdad, yo no había escrito dicho relato cuando Enmanuel se comprometió a darme el primer premio, pero él sabe que soy buena, así que escriba lo que escriba va a ser de calidad.

Es como funciona, si yo tengo un amigo y sabe que yo soy del jurado, ¿de qué te piensas que vale la plica? Con que le diga el título de mi relato, es suficiente.

¿Quieres otra horchata? Pues yo me voy a pedir otra, pero esta sin *fartons*, que me quiero poner un poco a dieta.

Como te decía, hay algunos concursos que no están amañados pero...

Seamos sinceros, esto es un negocio, la editorial también es un negocio. Y eso también pasa en premios grandes. Si tu objetivo final es maximizar las ventas, incluso más allá de Olympia. ¿Quién crees que va a vender más? ¿Un escritor reputado, consagrado, o Pepe Martínez aunque haya escrito una novela maravillosa? Porque los libros del escritor conocido se van a vender sí o sí. Y Pepe, por muy increíble que sea su novela, pues sigue siendo Pepe Martínez e igual se quedan los ejemplares de la novela cogiendo polvo en las librerías.

Incluso he oído casos de jurados que descartan alguna obra fantástica, premian otras peores y luego escriben algo parecido al descartado. Es cuestión de cambiar algunas cosas. Y luego lo publicas tú. Y el verdadero autor ni se entera.

Esto puede pasar.

También hay muchas editoriales que aceptan manuscritos, pero cuando se han asegurado de que tú tienes una red de contactos que les van a asegurar las ventas de un número de ejemplares mínimo de tu novela. No sé si me explico. Imagínate que tienes un superamigo que trabaja en la televisión o la radio y considera en el apartado de cultura que nombren tu novela. ¿Me pillas o no? ¡La difusión es fundamental! Tan fundamental que, aunque la novela sea floja, ya te la han puesto por las nubes y lo que has vendido, vendido está. Y tu nombre ya resuena por Olympia.

Y en todas estas relaciones que hay por detrás de los concursos, lo que te digo siempre, las relaciones en este mundo hay que cuidarlas y mucho. Y si te enteras de algo, chitón. Esa postura chitón al final será recompensada, te lo digo yo.

¿Qué crees, que voy a contar el rollo de Enmanuel y Bryony a alguien? ¿De qué me valdría? De algún modo, al haberme enterado del rollo que tuvieron, yo me he convertido también en parte de la infidelidad, hasta Enmanuel me mira ahora de distinta forma, porque le guardo el secreto. Soy la que me quedo a su lado, como amiga fiel. Él se da ahora cuenta de que soy alguien importante para él. En mí siente que puede confiar. Incluso, en este aspecto, más que en la mujer. Y Bryony, en cualquier caso, está sólo de paso en su vida.

Ahora tengo mi sitio en la vida de Enmanuel, para siempre.

Así que lo dicho: cuando se forman lazos de intimidad de ese calibre, de repente te hacen favores, sin pedirlos, porque saben que tú tienes una bomba de relojería de información, pero que eres un perro muy leal. En cualquier caso, lo mejor es que tú tengas esa bomba, la suya, por supuesto, pero que ellos nunca tengan la tuya, porque nunca se sabe lo que podría pasar.

Ya sabes, al sabio más le aprovechan sus enemigos que al necio sus amigos.

Baja del cielo, Julia, quédate en la tierra y deja de soñar.

¡Muchas gracias!, pero…, ¿me puede traer también unos *fartons*?

SÓLO TRES PALABRAS

WhatsApp
De: 888 888 888
Al: 666 666 666

¿No era publicable?

LAS AMISTADES PELIGROSAS

Pero Julia, ¿cómo te atreves a ponerle a Asmodeo por wasap que te dije que vuestro manuscrito no era publicable? De verdad, ¿qué no has entendido de todo lo que te he explicado? ¡Dime! ¿Qué no has entendido?

Es que ahora ya lo comprendo, ¡claro!, antes me llamaba para las presentaciones, me invitaba al microteatro, me reseñaba lo que le pedía. Y, de repente, ¡nada de nada! Porque le dije que me reseñara el último relato y me dijo que sí, que no había problema. Y de repente, ¡nada de nada! Porque miro todos los días y la reseña aún no está, ¡no está!

De verdad, es que ya sabía que vuestro rollo al final terminaría salpicándome a mí, ¡lo sabía!

Y a Enmanuel también lo noto raro.

¿A Enmanuel no te lo habrás tirado también? ¡No me habrás hecho *un Bryony* sin decírmelo!

¡Es que de verdad! ¡Te voy a coser el c...!

Es que me vas a fastidiar todos los contactos. ¡No te voy a presentar nunca a nadie más! ¡Yo es que no me lo puedo creer! ¡No me lo puedo creer!

Y mira que te lo he repetido veces, que no hay que cuestionar nada. Tú no eres nadie ahora mismo al lado de Asmodeo,

¡nadie!, entonces, ¿por qué le cuestionas nada? ¿Qué te costaba dejarlo pasar y ya está? ¡Si hace casi un año de eso!

Mira, es que gracias por invitarme a cenar, pero es que ya no puedo comer más, me está sentando mal la cena.

¿Nos trae, por favor, otra botella de vino y otro plato de *sushi* variado?

A ver qué me invento ahora para que no se mosquee conmigo. Seguro que algo podré inventarme. Tengo que pensar… ,¡joder!

COSAS QUE NUNCA TE DIJE

Julia vuelve a casa con sensación de náuseas y un reflujo amargo en la boca, que no se le van con Primperán ni lavado de dientes.

Ha invitado a Kakia a cenar y su amiga se ha bebido casi una botella de vino entera. Ha repetido ración de *sushi*. Después, dos helados.

Menos mal que se le había quitado el hambre. Aunque Kakia actúa muchas veces así, inconsistente con lo que dice y lo que hace.

Kakia lo ha llevado todo a su terreno, en sus ojos ardía auténtica ira mientras le soltaba su monólogo, porque no la ha dejado ni hablar. Julia nunca la había visto así.

Está claro que a Kakia le preocupaba mucho quedar mínimamente desacreditada frente a Asmodeo y muy poco el que Julia haya sido literariamente pisoteada.

En parte todo encaja. Los contactos son muy importantes para Kakia.

Julia no es nadie, no le podrá presentar a Kakia esa novela planificada aún por redactar. Asmodeo sí.

Julia nunca tuvo ego literario, se lo empezó a creer, se lo hizo creer Asmodeo. Luego el profesor se dio cuenta, casi un año después, de que se había equivocado. Entonces fue fácil decir, de manera fría y distante, desde su poltrona con el poder de un profesor:

«Lo siento. Me he equivocado, lo que escribe Julia es una mierda *pinchá* en un palo. No lo volveré a hacer más».

Que le pregunten ahora a la elefanta Julia cómo lo ve, tumbada en el suelo, mirando el mundo lateralizado y con un disparo en medio de la frente, un bindi como el que llevan las indias, pero sangrante. Lo cierto es que Asmodeo ni siquiera le ha dicho ni le dijo nunca un «lo siento».

Al menos el disparo ha sido certero. No la ha hecho sufrir. Como los cazadores de elefantes, Asmodeo le ha disparado en el cerebro. Y así, 250 mil millones de neuronas mueren sin apenas dolor.

Sin apenas...

Ahora Julia forma parte del resto de *detextos* de los alumnos de Asmodeo, los que llevan aburriéndole sobremanera desde hace treinta años. Como en los noticiarios, Julia se ha convertido en un dato estadístico.

Quien bien te quiere, te hará llorar.

Qué frase más malparida, piensa Julia. Como muchas frases hechas, que resumen el todo y menosprecian a todas las partes.

Quien bien te quiere se sienta a tu lado, llora contigo. Te coge de la mano, se preocupa por lo que sientes, te acompaña en tu dolor. Quien bien te quiere no hace comentarios gratuitos que no llevan a ningún sitio más que para joderte.

A Julia no se le van las náuseas.

Empieza a llover. Julia recuerda la película de Ingrid Bergman, *No me digas adiós*. La escena donde Ingrid está en el coche, sollozando y empieza a llover. Cuando activa el limpiaparabrisas ve que las escobillas no limpian las lunas del coche.

Entonces la Bergman se da cuenta de que no llueve más allá de sus ojos y ríe, desconsolada.

Julia no va a llorar. La decepción de esta noche no merece lágrimas. En cualquier caso, da igual, porque la calle está llorando por ella.

¿Qué pasaría si fuera al revés? ¿Y si en lugar de llover fuera, lloviera dentro de casa, sin parar, si la tormenta estallara en el interior?

Julia se sienta frente al ordenador, las gotas empiezan a caer desde el techo. Explotan en forma de virus estrellado encima de su cabeza, de sus manos, del teclado, de la mesa. Cada vez la lluvia es más intensa. No tardan en formarse grandes charcos. Los rayos y truenos funden el televisor, la radio, el microondas y la nevera. El nivel del agua sube rápido, los objetos empiezan a flotar alrededor de Julia, el agua comienza a cubrirla por la cintura, hombros, cuello. Lo último que ve Julia por debajo del agua es a Asmodeo sumergido como ella, que la mira desde lejos. Por un momento él le hace un gesto lento con la mano para llamar su atención y balbucea entre burbujas algo que Julia no entiende y después Asmodeo nada hacia la superficie. Por su parte, Julia no se esfuerza en intentar flotar. El agua le entra por la nariz, garganta, pulmones, mientras el pie de Kakia, agarrada a la lámpara, sigue presionando con fuerza en su coronilla.

NO HE PERDIDO NADA

De: juliamontarazenftrad@uji.es
Para: kakiakaren.bblixen@yahoo.com

Hola, Kakia,

Siento si de algún modo te he perjudicado en tu relación con Asmodeo.

Sólo te quiero decir que no creo que por una frase de tres palabras que le envié, vayan a cambiar las cosas contigo.

En cualquier caso, comentarte que he decidido, después de la última valoración recibida, dejar de escribir.

He tenido la opinión sincera de un profesional de que todo lo escrito no valía nada. Mi ego al respecto de la escritura era cero. Me lo quise creer y ahora vuelvo a la casilla de inicio. No he perdido nada.

También te quería decir que necesito distancia para aclararme con muchas cosas, así que con este mail me despido por el momento.

Espero que te vaya todo bien.

Un saludo.

Julia

LA DISCULPA DEL LARGO Y CÁLIDO VERANO

De: kakiakaren.bblixen@yahoo.com
Para: juliamontarazenftrad@uji.es

Ay, qué pasional que eres, Julia. Cómo te pones por dos tonterías, ¡debes madurar!

Algo de razón llevas. Y mis motivos para reaccionar así son que para mí publicar es lo más, así que necesito todo lo paraliterario como respirar.

En cuanto a Asmodeo y el manuscrito ya son cosa del pasado. ¡Pasa página!

Además, fue un ejercicio muy bonito, ¿no? Me refiero a estar escribiendo durante tres meses seguidos quinientas páginas con nada menos que el primer premio de Samos.

Quédate con eso, una experiencia muy bonita.

Entiendo que no quieras escribir más. La verdad es que Asmodeo... no te quise reproducir sus palabras textuales, pero fue bastante implacable valorando el manuscrito. No querrías saber lo que dijo. Y por eso no te lo dije.

De todas formas, si ahora tienes necesidad de distanciarte de mí por rollos tuyos, no pasa nada. Yo no tengo nada que ver con eso, entiendo que tienes tus crisis personales, provocadas en tu fuero interno, donde yo ni tengo nada que ver ni puedo hacer nada para impedirlo.

Yo no he hecho nada más que estar a tu lado, apoyándote, como hacen las buenas amigas.

Cuando quieras, podemos retomar nuestros cafés con tarta, aquí me tienes.

Yo no te voy a molestar, pero si quieres, para no perder el contacto, te iré enviando cuando publique algún relato y me dices qué te parece. ¡Es que me escribes unas reseñas tan entrañables! Me encantaría seguir viendo el nombre de Julia al pie de Goodreads y de Amazon, como siempre. Así te sentiré cerca.

¡Qué calor hace hoy!, ¿no? Yo no sé ya dónde ponerme. Este verano está siendo insoportable.

Tendré que ir a comprar más helado.

EL TEMPORAL

Estimada Julia,

Le escribo desde la revista digital Culturamas para darle la enhorabuena por su relato *El temporal,* el cual ha sido seleccionado como finalista entre más de 400 relatos. El relato saldrá publicado en nuestra revista *online* en el mes de noviembre de este mismo año.

Le damos las gracias por su participación

Un cordial saludo,

El equipo de Culturamas

UNA CARTA ABANDONADA Y SIN DUEÑO

De: juliamontarazenftrad@uji.es
A: escueladeescritoresespaña@escritores.com
Asunto: Por favor, entregar a Juanjo Millás

Estimado Sr. Millás,

Usted no me conoce, pero yo a usted sí. O no, claro. Conozco a los personajes de sus libros y al personaje que es usted cuando sale en televisión y en la radio, y tengo claro que usted también es otro.

Supongo que no debería escribirle en mi estado, porque me he tomado más de dos copas. No obstante, sólo me atrevo a hacerlo por eso, porque me he tomado tres, pero como leí su novela *La vida a ratos* y vi que se tomaba algún gin tónic de vez en cuando, he pensado que igual lo podría comprender. Aunque claro, lo suyo era autoficción e igual estaba usted tomando agua con gas mientras lo contaba, pero en la novela quedaba mejor lo del gin tónic.

Debo decirle que le admiro hasta el infinito, algo que estará usted harto de oír, pero en mi caso es verdad, algo que supongo también habrá oído infinitas veces. En cualquier caso, lo que quería decirle también, antes de que se me olvide, es que no debería beber gin tónics a su edad, por si de verdad lo hace y no es autoficción. Se lo digo porque soy enfermera. En realidad, supongo que yo también me los tomaré cuando tenga su edad por la marcha que llevo, pero por mi profesión ya sabe que, como sanitaria, es mi obligación hacer prevención y promoción de la salud, aunque yo no me lo aplique.

Volviendo al tema que quería abordar, que no era mi profesión, decirle que siempre me ha gustado escribir, pero recibí una valoración muy negativa de mis escritos por parte de un escritor, de cuyo nombre no quiero acordarme, pero me acuerdo, porque todavía no existe la posibilidad de freír un recuerdo aislado así, tal cual, en el cerebro. Me podría freír el encéfalo entero, eso sí es posible, pero de momento no entra en mis planes.

Y mire que me avisó Herminia, me dijo que me iban a cortar la lengua si fornicaba, pero yo no vi la metáfora ni la premonición, aunque estaba ahí. No supe verlo.

En cualquier caso, volviendo al tema que me ocupa, si es que aún sigue leyendo y no ha tirado este mail a la papelera de reciclaje, yo que tenía muy poca confianza en mí construyendo frases (es que no me atrevo a decir lo de escritora hablando con usted, ni tampoco sin hablar con usted, porque sólo he publicado dos relatos), entonces, tras esta crítica sincera que me han dado, sin carne de por medio, pues no sé si continuar o dejarlo definitivamente.

La verdad es que, aunque me quedé con mi ego literario por los suelos, todavía tuve el valor de enviar un relato a Culturamas y quedé finalista, así que le envío el enlace para que usted lo lea, si lo tiene a bien.

Sólo con que me dijera un «está bien», ya quedaría contenta, al menos para no abandonar la escritura.

Podría dejar el encargo de la valoración de mi escrito a un intermediario y luego mandarme un telegrama o algo, a cobro revertido o lo que sea, sin datos suyos, por si le da miedo que yo sea una psicópata y que Vicente Garrido acabe escribiendo una novela sobre nosotros dos, donde usted no acabaría bien.

No le quiero molestar más, si es que tengo la suerte de que este mensaje llegue a sus manos, aunque tampoco estoy segura de si eso será una suerte para mí. O para usted.

https://www.culturamas.es/2018/11/25/el-temporal-de-julia-montaraz/

Muchas gracias por todo

Un saludo,

Julia Montaraz

PERIÓDICO LOCAL DE KASTELORIZO

El ya ganador del premio de narrativa de Samos, Asmodeo Felaz, nos sorprende en esta ocasión con algo nuevo y refrescante, la novela erótica de este año.

La novela versa sobre un profesor y su alumna, que tienen una aventura tórrida en un curso de escritura, en un entorno entrañable que, aunque entreverado, es fácilmente reconocible por el lector.

El ingenio reside en cómo en esta ocasión, el escritor Felaz, escribe la novela a través de un monólogo interior desde el personaje femenino, una voz nueva que no habíamos escuchado hasta el momento de este autor.

La novela ha sido premiada en el concurso de narrativa Kastelorizo.

UNA JOVEN JULIA Y VIEJA HERMINIA

Herminia acude sonriente. Lleva los pendientes de araña. Y una gayata. Le cuenta a Julia que se rompió la cadera. Le han puesto una prótesis.

—¿Por qué no me llamaste?

—Ya tenía a quien me colocara la prótesis.

Julia abraza a Herminia. Le cuesta hablar por la emoción. El tiempo pasa rápido para Herminia.

—Me has llamado para contarme algo, ¿no?

Julia no sabe cómo decirle a Herminia sin decirle. No le puede contar lo de Asmodeo. Nadie sabe lo de Asmodeo, excepto Julia, él mismo y Kakia.

Julia se inventa una historia. Le dice a Herminia que ha mandado una novela a una editorial y que le han dicho que no valía nada que no era publicable, pero que le han publicado un relato en Culturamas y que no sabe qué hacer, si seguir escribiendo o abandonar.

Herminia se queda callada por unos segundos.

—Julia, ¿escribes para publicar?

—No. Bueno, no sé. Al final quieres que te lean, ¿no?

—Entonces, ¿sí o no?

—Supongo...

—Vale. Y, aparte de para publicar, ¿para qué escribes?

—No... no lo sé.

—Sí lo sabes.

—Pues porque... porque le di un relato al catedrático de la Universidad de Olympia y me dijo... me dijo que veía talento.

—Vale, Julia. Aparte de lo que dijera el catedrático, ¿por qué escribes?

—Pues... es que igual te parece todo muy destarifado.

—Tengo tiempo, aunque no mucho. Depende de lo que tardes. —Herminia levanta la gayata—. Una vez me dijiste que nadie sabe el tiempo que le queda. Pero no me discutirás que de ese bombo del tiempo que gira me tocan ya menos papeletas...

Julia pone una sonrisa triste. Mira hacia ningún sitio, para concentrarse.

—Pues... porque... porque no entiendo el mundo. Para entenderlo.

—Vale. ¿Puedes concretar un poco más? El mundo es muy amplio.

—No... No entiendo el sentido de estar aquí, en Olympia, o que estemos ahora en este bar, tú y yo. Quiero decir, tengo dudas de todo y con todo, no sé nada, hacia adónde ir. Y entonces huyo, me escapo. Porque... porque ahora soy enfermera, pero eso quizá es otra huída.

—¿De qué huyes?

—Pues no sé, de mí misma, ya lo sé, ¡estoy jodida! No se puede huir de una misma, tengo un problema adolescente no superado. Me escapo de los espacios seguros y tranquilos, aunque no sepa hacia dónde ir. Aunque soy traductora, no encontré agencias de traducción en Olympia. Y trabajaba de administrativa y odiaba mi trabajo. Así que me lancé al vacío porque... porque no era una opción quedarse. Porque quedarse... quedarse era ser como un pollo de granja.

—Te sigo, pero sólo más o menos.

—¡Sí! Un puto pollo de granja. ¿Sabes que los pollos de granja ven con un ángulo de trescientos sesenta grados? Y encima poseen un espectro de visión ultravioleta que les proporciona la visión tridimensional en el follaje del bosque. ¡Ven más y mejor que cualquier humano! Pero sin embargo... sin embargo, con todo ese... ese universo visual, se quedan ahí, comiendo pienso, encerrados en la jaula. Porque no les queda otra opción. ¡Porque están encerrados! Y aunque los soltaran seguramente no sobrevivirían, porque no sabrían hacia dónde ir.

—Ya...

—Yo... Yo tampoco sabía exactamente qué hacer, como el pollo, pero me fui del trabajo y me matriculé en enfermería. No por vocación, como dicen algunos, porque todo el mundo parece saberlo y estar seguro de todo. Y muchos me dijeron, ¿adónde te vas ahora a estudiar? ¡Con tu edad! Y encima enfermería, ¡cuando eres de letras! Y sin recursos asegurados. ¡Qué locura! Te estás equivocando. ¿Que te aburre tu trabajo? ¡Y a quién no! Pero puede que luego ya no consigas un trabajo similar, aunque ahora lo odies y malvivas el resto de tu vida.

Y yo también tenía miedo, pero prefería sentir miedo, prefería esa incertidumbre a quedarme como un pollo, porque si esa iba a ser mi vida hasta la jubilación, la de un pollo metedatos detrás de un ordenador, prefería que me decapitaran ya de una vez por todas e hicieran un buen caldo. Igual soy torpe y no me sé reinventar en la jaula. Pero si puedo salir, ¿para qué coño me voy a reinventar en una jaula?

—Cariño..., me estoy perdiendo... ¿Te repregunto?

—¡No!, no hace falta. Sé cuál es la pregunta.

—Y entonces…

—Escribo porque … porque me proporciona un rincón donde me encuentro en mi sitio, el que yo sola elijo porque con todos los cambios que he hecho, me sigo sintiendo un pollo mareado y vapuleado por todo lo externo, como si yo fuera una marioneta y los hilos, los barrotes de la jaula. Y es que la vida a todos nos va poniendo jaulas, pero esté yo dentro o fuera de la jaula, necesito cacarear y cuando cacareo, es como si cortara los hilos y saliera de la jaula, aunque siga dentro… ¡No te pongas bizca, Herminia! ¡Que hablo en serio! En cualquier caso, también necesito… necesito que alguien me confirme que lo que escribo vale algo. Le he escrito a Millás un mail un poco loco. También me he quedado a veces mirando su página de Twitter o Facebook esperando su publicación, para ser la primera en darle a «me gusta», sin ni siquiera leerme el artículo, a ver si así se queda con mi nombre, aunque sea para que diga «a ver quién es esta *gili* que le da a *me gusta* antes de leer», pero no me contesta. No sabe que existo.

Herminia sonríe. Le coge la mano a Julia y entrelaza los dedos con los suyos.

—Julia… Y si necesitas cacarear, ¿qué más te da lo que pudiera opinar Millás?

—Jo, ¡no me toques a Millás!

—Vale. Te lo voy a decir con otras palabras. Quizá, lo que deberías ignorar es lo que opine sobre tu escritura un asno cualquiera, ¿no?

PLATERO Y YO

De: juliamontarazenftrad@uji.es
Para: asmodeo.ppremiosamos@hotmail.es

Hola, Asmodeo,

Me he saltado de nuevo la norma no escrita de no contactar contigo.

Decir que he leído tu última novela erótica del premio de Kastelorizo.

Enhorabuena, eres el mejor Asmo.

Un saludo,

Julia

QUE NADIE DUERMA

A Julia la contratan para una sustitución en la unidad de resonancia magnética del Hospital General de Olympia durante varios días.

Hoy se realizan las resonancias con sedación, para la gente que no soporta meterse en el tubo despierta, por puro pánico. Más de una vez ha pasado que un paciente, tras realizarle la entrevista, pedirle que se ponga la bata y canalizarle la vía para el contraste, se lo repiensa y se va a casa porque le entra ansiedad.

Desde luego, la visión de la resonancia magnética tres Teslas impresiona. Parece una cama espacial. El tubo donde se realiza la prueba tampoco es amplio. Si el paciente está obeso, mucho peor. A veces es necesario embutir a la persona para que quepa, falcarle las carnes por los laterales con ayuda de las cintas y almohadillas, meterla muy despacio y vigilar que no le moleste al entrar cuando se escucha desde fuera el chirrido de las mollas espachurradas rozando con las paredes del tubo. Para más inri, el pobre paciente entra forrado con las bobinas, que son las que van a proporcionar las imágenes de las partes blandas. Y las bobinas son aparatosas, en especial la de cabeza, parece un casco de Robocop.

Y eso es sólo el principio, porque luego, cuando el paciente ya está dentro, empieza la otra fiesta, *pam-pam-pam-pam, güeng-*

güeng-güeng-güeng, guirrrrrrrk-guirrrrrk-guirrrrrrrk-guirrrrrrrk, así durante mínimo veinte minutos. Y sin olvidar el sonsonete del técnico de rayos, *no se mueva, respire, no respire, no se mueva, respire, no respire.*

Por muchas orejeras antirruido que se le pongan al que entra en el tubo, es imposible que nadie duerma durante la prueba.

Julia apenas lleva media hora en el servicio de resonancias, cuando la supervisora se acerca hasta ella y la requiere para realizar analíticas. La agenda está colapsada y se precisa desaturar la cola que se ha formado de impacientes.

A Julia no le entusiasman las extracciones. Mucha gente viene de mal humor. No es de extrañar. Son las ocho y media de la mañana y la mayoría no ha desayunado, lo que no es un factor para la predisposición al buen talante. Y encima les tienen que pinchar.

Las frases más habituales que Julia escucha en extracciones son:

—Llevo mucho rato esperando.

Y...

—Tengo las venas difíciles.

Algunos pacientes le ofrecen a Julia el brazo preferido. Se lo extienden como un pan arremangado. A otros les da igual y dejan elegir la barra a Julia. Julia pasa el algodón antes y después de palpar para pinchar. La mitad de las personas lleva tanta roña donde Julia clava la palomilla que, si les dejara ahí una pipa a los pacientes en lugar de realizar una analítica, en veinticuatro horas crecería un girasol. Y en una semana, un huerto de tomates. Y eso donde se ve, la flexura del brazo del paciente. Julia no quiere imaginarse cómo estarán el resto de pliegues del cuerpo, los que no se ven. Como cuando entras a un bar y el váter ya te tira *patrás.* A saber cómo estará la cocina.

Julia se concentra: El *smart*. Palpar la vena cefálica, mediana o basílica. Pinchar con la palomilla. Llenar los tubos. Sacar la aguja con seguridad, que ya se pinchó una vez. Al menos fue con la sangre de una embarazada y, afortunadamente, no se contagió de eso.

Y luego, el algodón o la gasa, seguidos de la recomendación:

—Apriétese fuerte, por lo menos cinco minutos —dice Julia a todos los pacientes. Prefiere decir cinco, aunque son dos, por los anticoagulados. Y ahí se van los pacientes, apretando el algodón, dando un corte de mangas simbólico —que no hay que tomárselo personal, aunque les hayas pinchado tú— y sujetando chaquetas y bolsos en posiciones imposibles. Otros ni caso con lo de apretar.

—¡Apriétese, por favor! ¡Que si no, le saldrá un moratón!

Nada, ni caso, aunque insista. Luego se quejarán, «fíjate lo que me ha hecho la enfermera».

Tras veintipico analíticas, Julia vuelve a la resonancia. Ya han metido a otro paciente sedado en el tubo.

—Este tipo es un *paranoias*, jajaja. Ahora te cuento, que es muy bueno —dice la técnico de rayos a Julia.

Julia se queda embobada deleitándose con las imágenes de la cabeza del paciente que va sacando la técnico de rayos con el programa. Por mucho que las mire, no se cansa. Un relieve móvil de la testa, donde los globos oculares parecen dos huevos y los cortes cerebrales se asemejan a máscaras tribales, que cambian a toda velocidad, haciendo muecas por el tronco encefálico y el cerebelo.

Julia mira la medicación pautada por el anestesista.

—¿Este paciente no lleva mucho Propofol?

—Espera, porfa, que ahora te explico. Si la fastidio aquí no me van a salir bien las imágenes... eeeeh... que el paciente ha dicho que quería más Propofol. Y como es amigo del anestesista, le ha dado una dosis extra.

—¿Estás de broma?

—¡Shhhhhhh!

Julia mira ahora los pies del hombre, que sobresalen fuera del tubo de la resonancia, unos pies largos, como los de su padre, en forma de abanico hueco. Calzará por lo menos un cuarenta y cinco y medirá aproximadamente metro ochenta de estatura.

Al contrario que Asmodeo, que era chiquitín...

Julia se acuerda de Asmodeo, pero ya no en modo calentón. Ni tan siquiera modo *lover.* Ahora en modo profesor.

Qué necesidad de decir un año después que no valía nada el manuscrito. Qué necesidad de hablar sobre lo que estaba muerto y enterrado. Qué necesidad haber dicho que nada de lo que escribieron juntos se podía publicar porque era una mierda. Qué necesidad...

—¿Ya? —le pregunta la auxiliar a la técnico de rayos, algo que Julia interpreta para sí. Y lo agradece porque ya estaba entrando otra vez en bucle y, ¡qué necesidad de perder el tiempo de esa manera!

—Sí, ya está. ¡Podéis sacar al escritor durmiente! —dice la técnico de rayos.

Julia, en su fuero interno, visualiza el grito de Munch... ¿qué significa eso? ¿es que le han leído el pensamiento?

—¿Qué... qué escritor? —se apresura a decir Julia, mientras le tiembla el párpado izquierdo— ¿Es que el paciente... el paciente es escritor?

—¡Sí! ¿No te lo han dicho? —dice la auxiliar mientras le quita la bobina de la cabeza al paciente—. Ha venido para hacerse una *reso* de las cervicales. ¡Míralo! ¡Está aún roque! ¡Es Juanjo Millás!

NO MIRES DEBAJO DE LA CAMA

Julia tiene palpitaciones. Entra en la sala del despertar del Hospital General de Olympia. Ahí está Millás, solo en la sala, sedado y tumbado, con la bata azul.

Millás ronca. Todavía lleva la vía puesta, se la han dejado por si le bajan las constantes demasiado rápido y hay que intervenir.

Julia no tiene muchos minutos, el Propofol se elimina pronto. Se reconoce invasiva, pero no se va a ir. Se trata de su única oportunidad.

Millás, en estos momentos, le recuerda a Julia al Cristo yacente al que visitaba en Pascua de pequeña con su madre. Aquel Cristo hecho un Cristo, lleno de hematomas, laceraciones y ensangrentado de arriba abajo, entre otras lesiones porque seguro que, como poco, le habían fisurado algún hueso. Probablemente el Cristo también tendría un traumatismo craneoencefálico. Si le hubieran hecho un TAC aquel día, habrían salido un montón de sorpresas. Con toda seguridad, en nuestros tiempos, aquel Cristo habría entrado por urgencias en el Box de politrauma y posteriormente lo habrían ingresado directamente en la UCI.

La madre de Julia la llevaba de la mano hasta la iglesia para besarle al Cristo politraumatizado el dedo gordo del pie, el

Hallux como se dice en anatomía. La estatua yacente estaba hipotérmica *per se*, nada sorprendente por la nevera de iglesia donde el Cristo se encontraba.

Y allí, al lado del Cristo, había siempre una mujer plantada, muy pintarrajeada y vestida toda de negro con teja y mantilla, un espectro oscuro que daba casi más miedo que el yacente. La mujer limpiaba el dedo gordo del pie del Cristo con un paño una y otra vez, tras cada beso de los devotos, pero, vamos, que ni gel hidroalcohólico ni desinfectante ni nada. Todo a pelo.

Julia piensa ahora que ese paño debía de llevar una colección importante de patógenos y seguro que más de un devoto terminó con mononucleosis las pascuas.

Aquel espectáculo impresionaba sobremanera a Julia. El Cristo en taparrabos hecho un Cristo, el olor a incienso, la música sacra de fondo, la señora mayor de la teja esperándola con el paño en la mano, mirándola con los ojos muy abiertos y pintarrajeados. Y tanto aquel cuervo como la madre de Julia, expectantes por que ella le diera el beso al dedo gordo del pie y se contagiara de mononucleosis.

Una vez quedaba el Cristo besado, la madre de Julia dejaba en el cepillo unas monedas y les daban una postal del Cristo boquiabierto hecho un Cristo, para que Julia tuviera un recordatorio.

Como si aquello fuera fácil de olvidar...

Y Julia ahora, al mirar a Millás, siente por un momento el impulso de besarle el dedo gordo del pie, pero se frena. Seguramente será por los recuerdos, la devoción y respeto que le causa ver ahí a Millás. ¡Es que es Millás! La verdad es que no le va la podofilia, aunque la volcaron de pequeña hacia ello con aquellos rituales atávicos.

Así que Julia se concentra y se acerca a Millás con el propósito que la ha arrastrado hasta aquí y se aproxima hasta el oído de Juanjo, porque sabe que los sedados escuchan, aunque no procesen la información al 100 %.

—Señor Millás, encantada de conocerle. Le pido disculpas por abordarle de este modo, un tanto invasivo.

Millás no se mueve, como el Cristo de su infancia.

—Soy Julia. Quería decirle que le envié un relato por *mail*, que no sé si le habrá llegado. Si es el caso, me gustaría que, por favor, se lo leyera. Me llamo Julia y mi relato se llama *El temporal*. Juliaeltemporalculturamas, Juliaeltemporalculturamas. Mi número es 888 888 888. Se lo repito, 888 888 888.

Millás da un respingo, aún dormido. Julia se asusta y se va hacia atrás. Espera unos segundos y se vuelve a acercar.

—Si no se lo lee, no pasa nada, pero de verdad que para mí es muy importante. Sólo quiero un «está bien», si le parece que lo está. Si no le gustara, igualmente querría saberlo. Se lo repito Juliaeltemporalculturamas, Juliaeltemporalculturamas. Mi número es 888 888 888. Recuerde, 888 888 888.

Millás vuelve a revolverse.

Julia no quiere importunar más a Millás, así que se da la vuelta y se va.

Antes de girar el pomo de la puerta, Julia se queda en blanco y retrocede sobre sus pasos hasta Millás, como una autómata. Le mira el pie izquierdo y le quita el calcetín. Se queda unos segundos frente al *Hallux* de Juanjo. Siente un impulso brutal de hacer un contacto digital como en la Capilla Sixtina. O un ET, estaré aquí mismo con su índice y el *Hallux* de Millás, pero con una fuerza de voluntad sobrehumana, se contiene y no lo hace.

Se mete el calcetín en el bolsillo y se marcha.

MI PIE IZQUIERDO

Millás está en directo con Javier del Pino, desde Washington. La semana pasada Juanjo Millás no pudo grabar el programa *A vivir que son dos días* en sus correrías con Paqui Ramos. Millás se ausentó debido a una prueba médica en el Hospital General de Olympia.

—Buenos días, Juanjo. ¿Qué tal fue la semana pasada? Te echamos de menos.

—Bien, me tuve que hacer unas *pdruebas,* entre ellas una *dresonancia* y, aunque la *dresonancia* no me *pdroduce* ansiedad, la fingí para que me *pusiedran* más *Pdropofol,* como a Michael Jackson.

—Jajaja. Eso, desde luego, sólo se le ocurre a alguien como tú.

—¡Y fue fantástico! Igual que la vez *antedrior* me sentí *eufódrico* al *despedrtar,* pero en este caso *dresultó* aún mejor porque *sufdrí* unas alucinaciones *incdreibles.*

—¿En serio?

—Pues sí, soñé que estando yo solo en una sala en la *semipenumbdra, entdraba* una monja vestida de blanco. Se *acedrcaba* hasta mi cama, no *recuedrdo* muy bien la alucinación y decía algo así: «Soy Juana, soy Juana. Hay una tempestad en *Cultudramas.* Mi *númedro* es...». No *recuedrdo* tampoco el *númedro.*

—¿Una tempestad en Culturamas? ¿Y cómo interpretaste tú eso?

—No sé, *podr* si acaso llamé a un *padr* de amigos que conozco de la *drevista* digital, a *vedr* si *podr* lo que sea les iban a *despedidr* o algo. *Podrque* si ese mensaje venía de otra dimensión o del más allá y hablaba conmigo, yo tenía *cladro* que debía *traspasadr* esa *infodrmación.*

—¿Y estaba todo bien?

—Sí, tanto es así que a uno lo han hecho fijo. También les *pdregunté* si conocían a alguna Juana en *Cultudramas,* o si la *drevista* se *encontdraba* en *apudros* económicos pero dijeron que no. Y también llamé al hospital, *podr* si había alguna monja en el *sedrvicio.* O alguna Juana en las *dresonancias* magnéticas, *pedro* nada.

—Vaya, jajajaja.

—*Espedra,* ¡que viene lo *mejodr*!, *podrque* la alucinación no *tedrmina* ahí.

—Cuenta, Juanjo, cuenta que estamos expectantes.

—Pues que la monja, después del mensaje fatídico sobre *Cultudramas,* me quita un calcetín y se queda ahí quieta, *midrando* mi pie *izquiedro.*

—¿Tu pie?

—Sí, sí. Y yo no sé *podr* qué, *pedro* en mi *delidrio* yo sentía que esa monja estaba *midrando* mi pie *izquiedro* con deseo, como si *quisiedra tenedr* contacto *cadrnal* con él.

—¿Con tu pie? Pero, Juanjo, precisamente con tu pie...

—¡Sí, sí! Y yo sentía *pudodr* por mi pie desnudo de calcetín y no podía *movedrme* y me *pdreocupaba,* a la vez que me daba mucha angustia de que le *hiciedran* algo a mi pie, porque por el *Pdropofol,* yo no me podía aún *movedr.*

—Jajaja.

—Al final la monja dejó de *midrarme* el pie, volvió a decir, «Juana, Juana, tempestad en *Cultudramas*» y el *númedro* que no *recuedrdo* y se *madrchó*. Y yo me *despedrté* falto de un calcetín que todavía no ha *apadrecido*. *Poddría ponedr* un *pardte* por *hudrto* en el hospital, pero *cladro*, por un calcetín no sé si vale la pena.

—Y, ¿qué conclusión sacas de todo eso? Porque seguro que tienes una...

—¿Conclusión? Más bien es la decisión que he tomado y es que este *vedrano*, ya no me voy a *atdrever* a ir con sandalias, por las pasiones que veo puedo *despedrtar*.

CARTA A UNA MUJER DESORIENTADA

Estimada Julia,

Ya sabes cómo empiezan algunas de estas misivas de señoras mayores como yo, ahora con una prótesis y la salud delicada: si recibes esta carta es que he muerto.

No es el caso, perdona si te he asustado. Por recordarte tus palabras el primer día que hablamos en privado, nadie sabe cuánto tiempo le queda.

Y yo tampoco, porque aún estoy viva y no sufro de ninguna enfermedad terminal, aparte de la vejez. Y envejecer es un privilegio del que no todos pueden disfrutar.

En cualquier caso, yo estoy viva, pero lo que han muerto son mis ganas de terminar el proyecto que empecé. Y es que lo supe aquel día que hablé contigo. Me dijiste que no servías para traducir mi libro. Y yo te digo que sí, que puedes y debes. Al igual que también confío en ti para redactar la novela como corresponde.

Yo sólo soy una señora mayor con mucho entusiasmo, pero debo ser honesta conmigo misma y tener un gesto de humildad: no soy escritora y tú sí lo eres, sólo te lo tienes que creer. Así que te lego en vida el manuscrito de mi rey fornicador, te lo adjunto con esta carta, para que lo desmontes todo, lo vuelvas a redactar y lo eleves a la categoría de novela.

Sé que puedes hacerlo. Y te pido que lo hagas.

Me da igual cuando lo termines. Puede ser en breve. O el día que vengas a ponerme flores.

Que sepas que si me traes alguna vez flores, que sean rosas y azucenas, que yo también fui joven.

No te olvides de otra cosa, la capacidad y el potencial los tienes. Aunque no sea yo ni catedrática, ni Millás, pero no soy un asno cualquiera y confío en ti.

Así que no dejes que nadie te diga nunca lo que debes o lo que quieres llegar a ser, ni en la escritura ni en la vida en general. Sigue tus sentimientos, impulsos o intuición, como quieras llamarlo, por ahí vas bien. Y si te das un buen porrazo por eso, como eres enfermera y escritora, te sabrás curar las heridas, porque tienes herramientas de sobra.

Te lo dice una vieja que algún día será una moribunda, que no es hoy, pero esto te lo digo sólo por ponerme melodramática y que te impacte más mi mensaje.

Cuídate, mi niña cuarentona.

Te quiere,

la que podría ser tu abuela,

Herminia

PD: Te mando, con esta carta, una postal de los músicos de Bremen para que no te olvides dónde está el pollo. Y, como ves, el burro también tiene un papel importante, pero está abajo del todo.

EL QUE QUIERO SIEMPRE LLAMA DOS VECES

Las 7:45. Julia reparte la medicación por la mitad de las habitaciones de la planta de Cardiología.

—¿Eso que es?

—Un antihipertensivo.

—¿*Pa* que vale?

—Para bajar la tensión.

—¡Si yo la tengo bien!

—Seguramente porque toma el antihipertensivo.

Tras repartir la medicación, hay que anotar la administración de cada paciente en el ordenador. Julia aprovecha para mirar el mail en el teléfono.

Nada. No han escrito aún los de la editorial donde se falla hoy el premio.

Julia toma el carro de tensiones, temperatura y pulsioximetría y vuelve a hacer el mismo recorrido por las mismas habitaciones.

—¿Cuanta tensión tengo?

—110/80.

—Y eso, ¿está bien?

—Con su cardiopatía, alta, sobre todo la baja.

—¿Alta o baja?

—Alta en general. ¿Qué está comiendo?

—Regaliz, que tengo mal sabor de boca.

—No puede comer regaliz. —Julia se acerca, le quita el regaliz de la boca y lo tira a la papelera.

—¿Por qué?

—Porque sube la tensión. ¿Es que no se lo han dicho?

—¿Y Juanolas tampoco puedo?

Julia se sienta de nuevo para anotar todas las tensiones y los otros datos de las habitaciones de sus pacientes. Vuelve a mirar el correo.

Nada. Ningún mail.

Por el pasillo ve al paciente que tuvo angina de pecho, que se dirige a hurtadillas hacia el ascensor.

—¿Adónde va?

—A... a pasear.

—¿A pasear? ¿O a fumar?

—...

—¡No puede ir a fumar!

El paciente vuelve renegando y entra en la habitación.

Julia comprueba que esté todo el material para las curas. Vendas, apósitos, suero fisiológico, Betadine, ácidos hiperoxigenados, Iruxol, taloneras, vendaje compresivo, apósitos con plata y esparadrapo.

—Julia, te está sonando el móvil.

A Julia le da un subidón momentáneo. Cuando va a volver a la carrera sobre sus pasos para abalanzarse hacia el móvil, recuerda que la editorial no tiene su teléfono, sólo el mail.

—No puedo. Cógelo tú, porfa.

Y se va corriendo con el carro de curas.

Julia tiene que esperar a terminar todas las curas para volver a mirar el móvil.

¡Un mail de la editorial!

Respira concentrada, con los ojos cerrados, antes de abrir el mensaje.

Mierda.

No la han seleccionado. Ni para el primer premio ni el segundo ni el tercero.

Ni siquiera el accésit.

No importa.

Si no es esta vez, será la próxima.

Y si no, la siguiente.

Tras las curas, preparan las tiras de glucemia. Con sus compañeras enfermeras deja preparadas las jeringas de insulina rápida y lenta. También las plumas nominativas de los diabéticos tipo I.

Ya está. Julia pasa todos los nuevos datos al ordenador.

Luego vuelve a mirar el mail y relee de nuevo la no-selección del concurso, para asegurarse. Ha leído bien. Su nombre no aparece por ningún lado.

En fin.

Mehr gibt es nicht: es lo que hay.

Se va a la salita de enfermería para preparar la sueroterapia para el turno de la tarde. Cuando ya tiene todos los sacos transparentes de suero fisiológico en la bandeja, se acerca su compañera enfermera.

—Julia, antes, cuando he cogido tu teléfono...

—Ah, sí, ¡gracias! Dime.

—Un mensaje muy raro que me han hecho repetir.

Ha dicho un hombre que, por fin, lo ha recordado todo. Que se ha leído... ¿La tempestad? ¿El temporal? Y que le ha encantado.

Un tal Juanjo, te volverá a llamar.

Agradecimientos

A la Iglesuela del Cid, el pueblo de mi abuela Herminia, mi madre Pili y mi hermana Pilar. La paz del entorno permitió que pudiera escribir esta novela.

A todos mis profesores de literatura, desde el colegio hasta la universidad, especialmente a don Santiago Fortuño Llorens, catedrático de Literatura Española de la Universidad Jaime I de Castellón, por sus enseñanzas. Y por los apuntes que pude tomar en sus clases, los cuales todavía conservo.

A mi amigo, filólogo hispanista y profesor de lenguas, Antonio Martín Arranz por animarme con tesón a escribir esta historia. Por leérsela tres veces y proponerme cambios para mejorarla. Por ayudarme frente a mis inseguridades y bloqueos. Por bautizar a Olympia como tal y a Julia como Montaraz.

A mi querida amiga Mina Pérez Rovira, que fue campeona española de taichí, por estar siempre ahí y por creer en mí desde un inicio.

A mi amiga Clara Gómez Mateu por haberme cogido fuerte de la mano, sin que yo se lo pidiera, y no soltarme cuando tanto lo necesitaba. Y por el karaoke.

A Juanjo Millás, una persona a la que admiro como escritor y como personaje público por su implicación social, tan necesaria en nuestros días. Al menos, en la ficción, se leyó *El temporal*. Aún no he perdido la esperanza de que pase.

GUIÑOS PARA LECTORES AVEZADOS

«Vuela, Milana bonita, vuela» (pp. 11, 13)
«... la Milana bonita, descansando en el hombro de Azarías...» (p. 13)
Los santos Inocentes. **Miguel Delibes**

«A esta, a la minoría que forman este segundo grupo de pseudoletrados...» (p. 12)
J.R.Jiménez

«... más que espadas como labios, se lanzan una serie de puñaladas...» (p. 12)
Espadas como labios. **Vicente Aleixandre**

«... Jean-Baptiste Grenouille en El perfume, *que terminó canibalizado...» (p. 12)*
El perfume. **Patrick Süskind**

«... las obras de los perpetradores siga siendo un Quasimodo sin alma...» (p. 12)
Nuestra señora de París. **Victor Hugo**

«... Karen Blixen, ¿la conoces? Sí, exactamente, la de Memorias de África.*» (p. 17)*
Memorias de África. **Isak Dinesen**

«... lindado por cipreses, carentes de sombra alargada...» (p. 21)
La sombra del ciprés es alargada. **Miguel Delibes**

«... la mano que mantiene con forma de concha pegada a la nariz...» (p. 25)
Érase un hombre a una nariz pegado. **Luis de Góngora**

«El oráculo manual y el arte de prudencia» (p. 27)
Oráculo manual y arte de prudencia. **Baltasar Gracián**

«Te deseo sin mirar atrás» (pp. 33, 36)
Te deseo sin mirar atrás. **Anónimo**

«... cantando desesperadas por los rayos sofocantes de sol, que no cesan.» (p. 33)
El rayo que no cesa. **Miguel Hernández**

«... debajo de los olmos viejos...» «ejércitos de hormigas en hilera» (p. 33)
A un olmo seco. **Antonio Machado**

«... aunque nos atacan los avispones...» (p. 33)
Los avispones. **Peter Handke**

«De hecho, lleva su propia petaca. No sé si es alcohólica o bukowskiana...» (p. 34)
Charles Bukowski

«... el lugar donde casi nos podíamos dibujar las caras con las manos...» (p. 34)
Rayuela, capítulo 7. **Julio Cortázar**

«Entonces Asmodeo otra vez clavó en mi pupila su pupila marrón...» (p. 35)
«—Ya que lo comentas, mi objetivo eres tú.» (p. 35)
Rima XXI. **Gustavo Adolfo Becquer**

«... lo que me apetecía era tener los ojos de Asmodeo en mis ojos y apoyar mi ronroneante cabeza en su hombro...» (p. 36)
Rima XL. **Gustavo Adolfo Becquer**

«De lo que le contesçió a Julia en su sueño» (p. 37)
El conde Lucanor. **Don Juan Manuel**

«... y el viejo castillo con sus murallas roídas...» (p. 37)
Campos de Soria. **Antonio Machado**

«... las copas de robles y encinas...» (p. 37)
«... pero ha empezado a descender con ligereza hacia el pedregal...» (p. 37)
A orillas del Duero. **Antonio Machado**

Romeo y Julieta (Escena del balcón, [II.i]; [I.v]; [III.v]) (pp. 37-40)
William Shakespeare

«—Mi nombre es Asmodeo. La capa, de Jovellanos.» (p. 38)
Gaspar Melchor de Jovellanos

«La importancia de llamarse Julia» (p. 43)
La importancia de llamarse Ernesto. **Oscar Wilde**

«... no había descendiente para el reyno, *los nobles urdieron una trampa...» (p. 46)*
Llibre dels feits. **Jaime I de Aragón**

«El secreto» (p. 49)
«Pero lo que oído, no lo puedo olvidar.» (p. 52)
El secreto. **José Ángel Buesa**

«Y mi pierna me ha transmitido una nostaljia *infinita por Asmo.» (p. 50)*
Platero y yo. **J.R.Jiménez**
Nostaljia. **J.R.Jiménez**

«¿Desmayarme? ¿Atreverme? ¿Ponerme furiosa?» (p. 52)
Soneto 126. **Lope de Vega**

«De lo que contesçió el último día de curso» (p. 53)
El conde Lucanor. **Don Juan Manuel**

«... pero como Dámaso Alonso no se ha apuntado al curso de escritura, sigo sin entender casi nada de lo que cuenta» (p. 61)
La lengua poética de Góngora. **Dámaso Alonso**

«Las cosas que perdimos en el ruego» (p. 65)
Las cosas que perdimos en el fuego. **Mariana Enriquez**

«... puedes llamarme como mis amigos: Asmo» (p. 73)
«... blando por fuera, que se diría todo de algodón, que no lleva huesos...» (p. 82)
Platero y yo. **J.R.Jiménez**

«O como diría Kurt Vonnegut, mehr gibt es nicht, *que significa es lo que hay.» (p. 94)*
Matadero cinco. **Kurt Vonnegut**

«Goethe ha muerto» (p. 99)
Así habló Zaratustra. **F.W.Nietzsche**

«El manuscrito encontrado en la bazofia» (p. 119)
El manuscrito encontrado en Zaragoza. **Jan Potocki**

«Y dando lentas vueltas en forma de aspas de molino de viento cervantino...» (p.123)
El Quijote. **Miguel de Cervantes**

«Los juegos florales» (p. 125)
«...al sabio más le aprovechan sus enemigos que al necio sus amigos» (p. 127)
Oráculo manual y arte de prudencia. **Baltasar Gracián**

«Las amistades peligrosas» (p. 131)
Las amistades peligrosas. **Pierre Choderlos de Laclos**

«Cosas que nunca te dije» (p. 133)
Las cosas que nunca te dije. **Abbie Greaves**

«Una carta abandonada y sin dueño» (p. 143)
Carta. **Miguel Hernández**

«...pero como leí su novela La vida a ratos*...» (p. 143)*
La vida a ratos. **Juan José Millás**

«... Vicente Garrido acabe escribiendo una novela sobre nosotros dos...» (p. 145)
Vicente Garrido

«Que nadie duerma» (p. 155)
«... es imposible que nadie duerma durante la prueba...» (p. 156)
Que nadie duerma. **Juan José Millás**

No mires debajo de la cama (pp. 159 -161)
Juan José Millás

«Mi pie izquierdo» (p. 163)
Mi pie izquierdo. **Christy Brown**

«... que sean rosas y azucenas, que yo también fui joven» (p. 168)
Soneto XXIII. **Garcilaso de la Vega**

«Te mando, con esta carta, una postal de los músicos de Bremen para que no te olvides dónde está el pollo» (p. 168)
Los músicos de Bremen. **Hermanos Grimm**

«El que quiero siempre llama dos veces» (p. 169)
El cartero siempre llama dos veces. **James M.Cain**

Esta es una historia de ficción. Todos los lugares y personajes, excepto los que aparecen con su nombre real, son ficticios, así como su participación en los hechos, la cual es ficción en todos los casos. Cualquier parecido con la realidad es mera coincidencia.